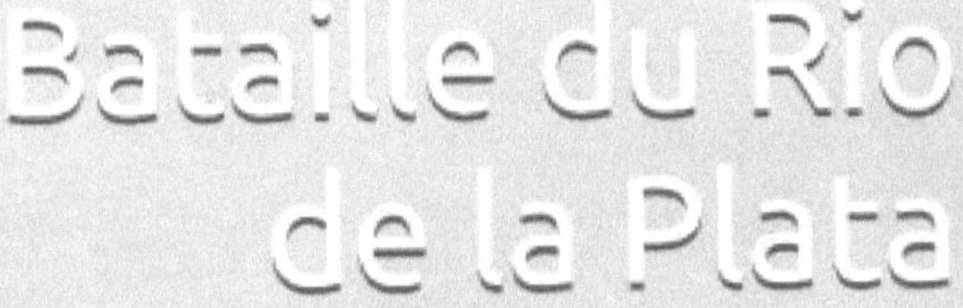

Bataille du Rio de la Plata

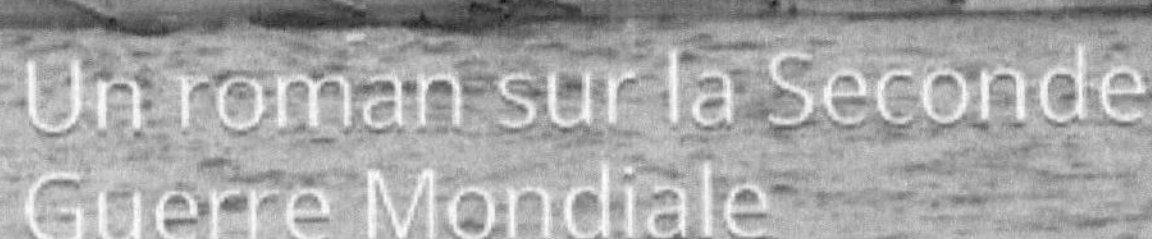

Un roman sur la Seconde Guerre Mondiale

Richard G. Hole

Bataille du Rio de la Plata

Un roman sur la Seconde Guerre Mondiale

Richard G. Hole

La Seconde Guerre Mondiale

SYNOPSIS

Au déclenchement de la Seconde Guerre mondiale, la supériorité navale de l'Angleterre était manifeste. Les restrictions imposées à l'Allemagne par le traité de Versailles ont empêché la création d'une flotte capable d'affronter les Anglais avec des chances de succès. Et bien qu'à la suite de l'accord naval conclu entre les deux puissances en 1935, l'Allemagne donna une grande impulsion à la construction d'unités de combat, lorsque la guerre éclata le 1er septembre 1939, la Grande-Bretagne continua à détenir le pouvoir sur toutes les mers. .

«L'Admiral Graf Spee» était un cuirassé de poche construit par l'Allemagne dans les marges étroites accordées par les vainqueurs de la Première Guerre mondiale. Sa puissance était inférieure à celle de la plupart des navires de la ligne des autres nations, mais sa construction avait été réalisée avec le soin et l'attention requis pour que sa qualité compense autant que possible son tonnage réduit et son plus petit calibre. de ses canons, par rapport aux autres cuirassés...

Bataille du Rio de la Plata est une histoire appartenant à la collection World War II , une série de romans de guerre se déroulant pendant la Seconde Guerre Mondiale .

BATAILLE DU RIO DE LA PLATA

AVANT-PROPOS

Au déclenchement de la seconde guerre mondiale, la supériorité navale de l'Angleterre est manifeste. Les restrictions imposées à l'Allemagne par le traité de Versailles ont empêché la création d'une flotte capable d'affronter les Anglais avec des chances de succès. Et bien qu'à la suite de l'accord naval conclu entre les deux puissances en 1935, l'Allemagne donna une grande impulsion à la construction d'unités de combat, lorsque la guerre éclata le 1er septembre 1939, la Grande-Bretagne continua à détenir le pouvoir sur toutes les mers. .

L'Allemagne, instruite dans le conflit précédent, se préparait à combattre la puissance anglaise sur mer au moyen d'armes sous-marines, qui étaient sur le point de produire un effroyable effondrement du trafic allié, et des navires corsaires qui, pour la plupart, portaient des coups durs que l'Angleterre évidemment ; elle l'a accusée.

Il y a eu des corsaires de tout temps, et il n'y a pas de nation qui ne les ait utilisés à un moment donné. Ils ont généralement été utilisés par des pays qui, à un moment donné, ne maîtrisaient pas la mer, ou bien leurs escouades étaient manifestement inférieures en nombre et en puissance à celles de leurs ennemis. Son but est d'opérer dans des zones excentriques à celles dominées par des flottes adverses, chassant des navires isolés ou des groupes de navires sans protection suffisante. Leurs armes principales sont la surprise, la ruse, la dissimulation et la vitesse, et leurs tactiques changent constamment de lieux et de situations afin d'éviter d'être localisés et poursuivis.

L'Allemagne a utilisé des corsaires dans les deux guerres mondiales, et utilisé indistinctement des navires de guerre ou de simples marchands armés à cet effet. Parmi les premiers, il convient de mentionner les cuirassés de poche «Lutzow» et «Admiral Scheer». Le Lutzow a effectué plusieurs croisières, coulant des dizaines de navires marchands et pouvant enfin retourner en Allemagne. Le second a opéré dans l'Atlantique Nord et Sud en 1940 et est également revenu après avoir coulé un croiseur auxiliaire britannique et 152 000 tonnes marchandes, dont 86 000 correspondaient à un convoi totalement anéanti. Mais celui qui a le plus attiré l'attention du monde était sans aucun doute le cuirassé de poche, jumeau des deux autres, "l'Amiral Graf Spee", qui après avoir fait chavirer de nombreuses unités de guerre alliées pendant plusieurs mois,

CHAPITRE I
LE DÉPART

Le port militaire de Wilhelmshaven, importante base navale allemande, connaît des journées très mouvementées. Plusieurs navires de guerre, de différents types et tonnages, étaient ancrés dans ses eaux, et en eux, dans les différents quais et entrepôts de la base, ainsi que dans les services de celle-ci, une activité inhabituelle pouvait être appréciée. Parmi tous les navires, en raison de l'intérêt qui lui était porté, le fait que n'importe quel technicien l'aurait immédiatement reconnu comme l'un des trois cuirassés de poche que la marine du Troisième Reich possédait à cette époque était très frappant ; plus précisément, "l'amiral Graf Spee".

De toute évidence, le navire était approvisionné, armé et préparé pour pouvoir prendre la mer sous peu, et le crissement des grues de chargement se mêlait à celui des wagons du port, en mouvement constant, et aux voix de commandement des officiers.

C'était le 23 août 1939, et cela faisait près d'une semaine que le cuirassé avait été soigneusement entretenu par tout son équipage et par une grande partie du personnel de la base. Mais à la tombée de la nuit du même jour, les travaux étaient terminés, l'équipage du Graf Spee monta à bord, les terriens descendirent sur les quais et le navire fut préparé et prêt à lever l'ancre dès sa sortie. organisé.

Une heure plus tard, cependant, alors que le soleil commençait à descendre sous l'horizon, deux hommes débarquèrent et, après avoir traversé l'esplanade du port, quittèrent la base. Ils sont montés dans une petite Mercedes garée près des murs extérieurs, qui a rapidement démarré. Après avoir traversé plusieurs rues de la ville, la voiture s'approcha d'une large route bordée d'arbres hauts et corpulents à travers lesquels filtraient les premières lueurs du crépuscule. Les deux hommes restèrent silencieux, l'un attentif à conduire la voiture et l'autre perdu dans ses pensées.

« As-tu une cigarette, Helmut ? », a demandé le chauffeur.

Celui qui s'appelait Helmut sortit d'une poche intérieure un élégant étui à cigarettes qu'il tendit à son compagnon après l'avoir ouvert. Puis lui aussi a pris une cigarette, en tirant une longue bouffée.

"Je pense que tu as raison," dit-il enfin. C'est très étrange. Jamais au cours de mes années dans la Marine, je n'ai vu un navire approvisionné à ce point et avec une telle profusion de détails. Jamais, même lors de manœuvres, nous n'avons emporté une telle quantité d'obusiers et de torpilles, et si l'on ajoute que personne, sauf Langsdorff, ne sait où nous allons, je commence à soupçonner qu'il y a un chat dans tout cela, un chat aux dents fines. et des clous d'acier.

« Helmut » dit l'autre. Pendant de nombreux mois en Europe, une atmosphère raréfiée a été respirée. À cause de cela et d'autres facteurs, cela ne me surprendrait pas si d'ici peu...

"Quoi ?

"Rien, laissons ça.

Helmut se renversa sur son siège et, repoussant sa casquette aussi loin que possible, s'écria :

« Je vais conclure pour vous... d'ici peu le « Graf Spee » ira chasser dans l'Atlantique.

Son compagnon le regarda un instant du coin de l'œil, se remettant aussitôt à se concentrer sur les manœuvres de la voiture qui, lancée à grande vitesse, dévorait kilomètre après kilomètre.

Quelques minutes plus tard la "Mercedes" quittait l'autoroute pour emprunter un chemin étroit qui serpentait à travers une petite forêt, s'arrêtant à côté d'un superbe manoir dont les murs grimpaient un grand nombre de lierres et de vignes.

"J'aimerais que vous me rendiez un service" dit, avant de sortir de la voiture, celui qui était au volant.

"Tu dis, Karl" dit Helmut à son tour.

« J'apprécierais que vous ne disiez pas un seul mot de ce que vous pensez en présence de Naty. Elle estime que notre marche est une parmi tant d'autres, un peu plus longue peut-être, mais pas importante. J'aimerais qu'elle continue à le croire.

« Ne t'inquiète pas, je ne dirai rien.

Karl appuya sur la sonnette et la porte s'ouvrit immédiatement, par laquelle ils entrèrent tous les deux.

"Bonjour, Mme Müller" salua Karl. "Helmut et moi sommes venus vous dire au revoir. Nous partons ce soir.

« Encore ? » demanda Mme Müller, stupéfaite. « Mais ça ne fait pas quinze jours que tu es arrivé. On voit que les marins doivent passer leur vie dans l'eau. Quel métier, mon Dieu ! gauche pour réapparaître à l'improviste.Enfin, allez dans la chambre.J'appelle Naty tout de suite.

Karl et Helmut virent la mère de Naty disparaître et réapparaître un peu plus tard en compagnie de sa fille, une fille d'environ dix-huit ans, très brune, aux cheveux de jais et aux yeux tout aussi noirs et brillants. Sa taille était supérieure à la moyenne et son corps, en général, n'était pas loin d'être parfait.

Les deux hommes se levèrent et Helmut, tordant la bouche, comme s'il souhaitait que ses paroles ne soient captées que par son ami, dit :

« Je vous félicite chaleureusement. Naty est chaque jour plus belle. Elle est une vraie beauté.

Karl donna à son ami un coup de coude « affectueux », le forçant à tâter le creux de son estomac avec insistance, et s'avança vers les deux femmes.

Naty resta immobile, silencieuse, le regard fixé sur Karl qui, une fois à ses côtés, prit ses mains dans les siennes.

« Naty, nous appareillons dans quelques heures. Les événements ont avancé et Helmut et moi avons passé nos obstacles pour pouvoir venir vous voir au départ.

La jeune fille était toujours silencieuse.

"Quoi qu'il en soit", a-t-il poursuivi, "j'espère être de retour dans quelques semaines. Je sais que tu ne t'y habitueras jamais, mais malgré moi, il n'est pas possible de faire autre chose. Tu sais que je suis aussi désolé que toi ou peut-être plus.

« Où vas-tu ? demanda finalement Naty.

Karl s'éclaircit involontairement la gorge et, se léchant les lèvres, dit :

« Nous n'en sommes pas encore sûrs, mais apparemment nous effectuons des manœuvres dans l'Atlantique Nord, au large de la Norvège.

« Non, Karl l'a "reniée » ; Vous ne serez jamais un bon menteur. Je ne sais pas pourquoi, mais il y a quelque chose qui me dit que cette fois n'est pas comme les précédentes, qu'il me faudra encore longtemps avant de te revoir.

« Pour l'amour de Dieu, Naty », protesta-t-il ; Tu parles comme si quelque chose de mal allait m'arriver. Sortir des manœuvres ne comporte aucun danger...

Helmut, qui jusqu'alors était resté simple spectateur, interrompit son ami d'un rire forcé qui fit frissonner la jeune fille.

« Croyez-vous que nous allons faire la guerre ? demanda-t-il, quand le rire fut mort sur ses lèvres.

Les yeux de Naty, fixes et profonds, l'obligèrent à détourner le regard.

« Je n'ai pas dit grand-chose, Helmut, » assura-t-elle, pesant les mots.

Karl voulait que la terre avale son ami téméraire. Il avait manifestement suscité une nouvelle idée dans son esprit.

"Salut, Helmut," dit-il. Pourquoi ne demandez-vous pas à Mme Müller de finir de vous montrer sa magnifique serre ?

"Je pense que ce sera pour le mieux", a déclaré son ami en se grattant la tête avec l'index de sa main droite et en disparaissant par la porte en compagnie de la mère de Naty.

Quand Karl et la fille furent seuls, elle se dressa aussi haut qu'elle le put sur le bout de ses chaussures et pressa son visage contre le sien, enroulant ses bras galbés autour de son cou.

« Karl, dis-moi la vérité. Où allez-vous ?

Il se débarrassa de l'étreinte de Naty, et faisant quelques pas vers la fenêtre, il regarda à travers la vitre. Helmut était attentif aux explications que Mme Müller lui donnait sur les plantes. L'expression de sainte résignation de son ami le fit sourire.

« Je ne peux pas vous le dire parce que je ne sais pas. Seul Langsdorff le sait, dit-il sans se retourner. Je m'étais pourtant proposé de vous cacher ce que je crois, ce que nous croyons tous ; mais maintenant vous savez mieux que je vous vois soupçonner quelque chose.

« Bien sûr que je soupçonne ! "elle a assuré". De plus, je sais. Depuis plusieurs jours je vous observe vous et Helmut, j'ai capté nombre de vos mots que vous pensiez n'avoir aucun sens pour moi...

"Bien", coupa Karl. La croyance générale est que la guerre va bientôt éclater et que le Graf Spee est maintenant en train de prendre la mer pour être sur le théâtre quand il le fera. Nous nous trompons peut-être, mais je serais très surpris.

Un grand silence tomba après les paroles de Karl. Seul le son d'une horloge sur la cheminée troublait l'immobilité de l'environnement.

« La guerre ! » s'exclama Naty en se laissant tomber lentement sur une chaise. Ses joues étaient d'une pâleur intense et ses yeux se perdaient à un point que je lisais à l'infini.

"Oui, la guerre" affirma-t-il. C'est une hypothèse, mais fondée. Depuis plusieurs jours, nous préparons le navire pour un long voyage. Les services médicaux ont passé en revue tous les hommes de l'équipage un par un, en licenciant beaucoup en raison d'indispositions passagères qui, en d'autres circonstances, n'auraient pas été prises en compte. Nous avons expédié un grand nombre d'obus et d'obus de toutes sortes, dont plusieurs dizaines de torpilles. Les cales sont pleines de farine et de provisions de toutes sortes et les citernes sont pleines d'eau à déborder, et comme si cela ne suffisait pas, hier Langsdorff a été enfermé dans sa chambre pendant plusieurs heures à discuter avec trois commandants de haut rang de la flotte . Tout cela n'a qu'une seule explication. Tout a été arrangé dans un but précis et pour une raison précise et sérieuse : la guerre.

"Je prierai Dieu que tu te trompes, Karl," dit Naty d'une voix à peine perceptible.

« Fais-le, oui. Lui seul peut empêcher ce que les hommes ne veulent pas empêcher.

La jeune fille se leva et se dirigea vers Karl et se réfugia dans ses bras comme pour se protéger d'un danger invisible.

"J'ai peur" dit-elle. Une peur horrible. L'idée de te perdre pour toujours me rend insupportable. Je t'aime tellement, Karl, que si quelque chose de mal devait t'arriver, il ne me serait pas possible de continuer à vivre.

« Tu ne devrais pas t'inquiéter autant, Naty. Même si ce que nous craignons tous devait arriver, il ne faudrait pas que quelque chose de grave m'arrive. Aussi, sachant que vous m'attendez, je reviendrai; Je ne sais pas comment ni quand ni de quelle manière, mais je reviendrai, promis.

« Merci, Karl, de m'avoir encouragé. Les femmes sont tellement stupides !

Elle leva les yeux vers lui et leurs lèvres se pressèrent étroitement. Quelques secondes plus tard, Karl s'écarta brusquement et regarda sa montre.

« Nous devons y aller, Naty.

"Déjà?

"Oui. Langsdorff nous a donné deux heures et c'est presque fini. Au fait, il m'a chargé de vous saluer, vous et votre mère, en son nom. C'est un grand homme, et en tant que marin, il y en a peu qui le surpassent. Il a une confiance en soi inhabituelle, je suis satisfait d'être sous ses ordres.

A ce moment Mme Müller et Helmut revenaient du jardin. La mère de Naty ne pouvait cacher la satisfaction qu'elle avait éprouvée d'avoir pu montrer à quelqu'un, se prolongeant dans de longues explications pseudo-scientifiques, sa vaste collection de plantes et de fleurs. Il sembla à Karl que son ami était totalement épuisé et malade.

Les deux femmes ont accompagné les deux hommes jusqu'à la voiture. Naty, les yeux remplis de larmes, étreignit Karl pour la dernière fois.

"Je ne pourrai jamais l'oublier, Karl," dit-elle en sanglotant. Je n'ai pas pu m'empêcher de le répéter en toi.

Karl, montrant une pâleur intense, s'est presque forcé à s'éloigner de la jeune fille, et après avoir patiemment écouté les dernières recommandations de Mme Müller, il a ouvert la portière de la voiture et s'est installé derrière le volant. Aussitôt la "Mercedes" démarra tandis que Naty agitait faiblement la main en signe d'adieu.

"N'oublie pas que tu as promis de revenir", cria-t-elle, alors que la voiture était déjà à cinquante mètres d'elle.

« Je ne l'oublierai pas », assura Karl en passant la tête par la fenêtre. Même s'il vaudrait mieux ne plus jamais te revoir", a-t-il conclu en marmonnant entre ses dents.

Naty était déjà loin et elle n'entendit pas ses derniers mots, mais Helmut les entendit, et la surprise, l'incrédulité et la stupeur se mêlèrent dans ses yeux.

CHAPITRE II
UN «CUIRASSÉ DE POCHE»

"Qu'as-tu dit?", A-t-il demandé.

"Non rien.

« Si je n'ai pas mal compris, vous venez de dire que vous préféreriez ne jamais revenir. Puis-je savoir pourquoi?

« Vous avez mal compris.

"Non, je n'ai pas mal compris", a assuré Helmut.

"S'il vous plaît, changez de sujet.

« Karl, quelque chose d'étrange t'arrive, et n'essaie pas de me nier. Je le remarque depuis longtemps, et votre comportement manque souvent de logique. Vous avez la plus jolie petite amie à des kilomètres à la ronde et elle est plus intelligente que la plupart des femmes, et il arrive qu'en sa compagnie vous ayez tendance à être pensif, froid et lunatique. Voulez-vous me dire ce qui ne va pas chez vous ? Tu ne la veux pas ? Si oui, quittez-la; mais alors je vais vous dire que vous êtes complètement idiot.

"Je l'aime de toute mon âme" a assuré Karl, pour que son ami ne puisse douter de ses paroles.

« Alors qu'est-ce qui ne va pas avec toi ?

Karl n'a pas répondu. Helmut se renversa sur son siège et ne crut pas sage d'insister davantage, arrivant cependant à la conclusion qu'il était plus difficile de comprendre son ami que de faire la quadrature du cercle.

Une demi-heure plus tard, la voiture s'arrêta devant l'entrée principale de la base et les deux hommes montèrent à bord du cuirassé.

Aux petites heures du matin, entre les crissements de chaînes et les coups de sirène, les amarres du navire ont été libérées, qui, tournant lentement vers bâbord, se sont approchées de l'embouchure du port, disparaissant peu après avalées par le brouillard.

Les premières lueurs de l'aube surprennent le cuirassé naviguant, déjà hors des eaux juridictionnelles allemandes, en direction de l'Atlantique.

L'« Admiral Graf Spee », comme on l'a déjà dit, était un cuirassé de poche qui, avec le « Lutzow » et l'« Admiral Scheer », fut construit par l'Allemagne dans les marges étroites accordées par les vainqueurs. de la guerre mondiale précédente. Sa puissance était inférieure à celle de la plupart des navires de la ligne des autres nations, mais sa construction avait été réalisée avec le soin et le soin nécessaires pour que sa qualité compense autant que possible son tonnage réduit et son calibre moindre. de ses canons, par rapport aux autres cuirassés. Elle déplaçait un peu plus de dix mille tonnes et était armée de quatre canons de 280 millimètres, répartis en trois tours, une à l'avant et deux à l'arrière. Elle avait également quatre canons de 150 millimètres, huit tubes lance-torpilles de 533 millimètres, diverses mitrailleuses anti-aériennes et quatre lanceurs de charge de profondeur. Sa vitesse était inférieure à vingt-cinq nœuds, donc sur ce point il était nettement inférieur aux croiseurs de bataille, dont beaucoup étaient plus gros et mieux armés. Son équipage était composé de mille hommes, y compris tous les services, et de trente officiers, sans compter le capitaine et le second commandant.

Son commandement avait été confié par l'état-major de la flotte au capitaine Hans Langsdorff, excellent marin, issu d'une famille étroitement liée à la mer et à l'escadre, et il avait déjà participé à la Première Guerre mondiale, en tant que simple cadet, en pas mal de batailles contre les Anglais. Pour commander le « Graf Spee » et le mener à travers l'océan dans la difficile mission qui lui était assignée, Langsdorff était l'homme à suivre.

Parmi les officiers se trouvaient les lieutenants Karl Weber et Helmut Berling. Le premier d'entre eux avait vingt-sept ans et était en service actif dans la Marine depuis cinq ans, sans compter, bien sûr, les années d'études et de pratique passées à l'Académie, d'où il sortait avec le grade de sous-lieutenant. Sa première destination fut le croiseur « Staal » d'où il fut transféré, lors de sa remontée quelque temps plus tard, sur le cuirassé « Admiral Graf Spee ».

Il n'avait pas de famille. Ses parents sont morts alors qu'il était encore très jeune et il n'en avait aucun souvenir. Une photographie de sa mère, dont il ne se séparait jamais, et une vieille montre de son père, constituaient la somme des biens qui lui avaient été légués par ses prédécesseurs. Il fut recueilli par une tante à lui, en compagnie de laquelle il passa la plus grande partie de sa vie, s'occupant de lui avec l'affection et les soins d'une vraie mère et veillant sur ses premiers pas dans la vie. Lorsque, bien des années plus tard, déjà à l'académie, Karl apprit la mort de la bonne femme, il la pleura comme si elle avait été l'être qui lui avait donné la vie.

Helmut Berling était le fils aîné de riches industriels munichois, fabricants de soie artificielle, qui n'avaient pu dissuader leur fils de devenir marin. Il a dit que l'atmosphère de l'usine l'étouffait et qu'il avait besoin de la brise marine pour pouvoir respirer confortablement. L'industrie familiale pouvait être parfaitement menée par son père pour le moment, et plus tard par ses frères, à qui il cède gracieusement la part qui pourrait lui correspondre à son époque. Ses parents ont accepté ses souhaits convaincus que le choc avec la réalité le dissuaderait de ses desseins. Mais Helmut était dans la Marine depuis de nombreuses années maintenant sans montrer le moindre signe de regret ou de lassitude.

Les deux garçons s'étaient rencontrés deux ans avant que l'Amiral Graf Spee n'embarque pour sa dernière croisière, quand Helmut avait été affecté au cuirassé, et ils avaient rapidement fraternisé. Langsdorff avait une haute estime pour eux deux, bien qu'à l'occasion il ait dû les réprimander ; à Helmut pour son penchant démesuré pour le divertissement, et à Karl pour son caractère excessivement étrange, qui allait de l'exaltation la plus effrénée à l'abattement le plus absolu, de la joie la plus accentuée à la mauvaise humeur la plus incompréhensible.

Lorsque les premières lueurs de l'aube apparurent sur la ligne d'horizon le 24 août 1939, le gros du cuirassé allemand se dirigeait vers la mer, la plupart de ses serviteurs inconscients du fait qu'ils allaient bientôt être les protagonistes de l'un des les aventures les plus fascinantes menées dans l'Atlantique par des marins allemands.

CHAPITRE III
LA PREMIÈRE PROIE

Karl, penché au-dessus du plat-bord, regardait intrigué la silhouette d'un navire marchand, l'"Altmark", qui depuis son départ de Wilhelmshaven suivait avec insistance le sillage laissé par le "Graf Spee". Evidemment, l'« Altmark » les accompagnait d'une mission fixe, mais Karl ne la trouva pas. Le marchand, bien qu'armé, ne pouvait rien ou presque rien en cas de combat. Il ne s'agissait pas d'un pétrolier, dont la présence aurait été en partie justifiée. Quel but aurait-il ?

Le 28 août, le cuirassé a atteint un point situé approximativement entre les îles Canaries et les Bahamas et s'est approché d'un navire que tout le monde a d'abord cru être japonais, non seulement à cause de détails particuliers de sa construction, mais aussi parce que le navire marchand s'appelait Ussukuma. . Mais l'étonnement général grandit au point que l'équipage du «Graf Spee» se rendit compte que le navire marchand auquel ils s'approchaient rapidement n'était pas japonais, mais un pétrolier allemand déguisé, à partir duquel le cuirassé fit le plein et poursuivit immédiatement la marche.

A partir de ce moment, Karl n'eut plus aucun doute sur la mission du navire allemand. Il était pleinement convaincu que la guerre éclaterait bientôt ; c'était une question de jours, peut-être de semaines, mais il ne pouvait pas s'empêcher de venir. Le capitaine Langsdorff, malgré le fait qu'il savait que ses hommes connaissaient déjà le secret, ne dit rien. Se bornant à sourire quand les yeux de ses officiers se posèrent sur lui d'un air interrogateur.

La réponse a été immédiate. Le premier septembre, alors que presque tous les officiers étaient réunis dans la salle à manger après le repas de midi, un homme se précipita. Karl le reconnut aussitôt comme l'un des éléments des services de télégraphie et de radio. Il portait un papier dans sa main droite, et après avoir salué le capitaine Langsdorff, il le lui remit. Il le déplia plus lentement que Karl l'aurait souhaité, bien qu'il en connaisse le contenu comme s'il l'avait lu des dizaines de fois. Langsdorff, invité par ses officiers, se leva gravement.

« Messieurs, dit-il, vous allez enfin savoir ce que vous vous êtes demandé tant de fois et ce que sans doute la majorité supposait déjà. Aujourd'hui, 1er septembre 1939, l'Allemagne est en guerre avec l'Angleterre et la France. La frontière polonaise a été franchie en divers points de la marche victorieuse sur Varsovie. Je veux que vous mettiez vos hommes sur le pont le plus tôt possible. J'ai quelques mots à vous dire.

La plupart des officiers ont quitté la chambre à la hâte pour se conformer à l'ordre. Le tumulte était indescriptible. Karl sourit.

Quelques minutes plus tard, l'équipage complet du cuirassé était aligné. Langsdorff, du poste de commandement central du pont, s'adressa à ses hommes en ces termes :

« Marines ! Je viens d'être informé que le Troisième Reich est en guerre avec l'Angleterre et la France. A partir d'aujourd'hui, notre pays entamera un dur combat contre ses ennemis, dans lequel tous les Allemands coopéreront au mieux de leurs capacités. Puissantes sont les puissances contre lesquelles nous devrons lutter, mais bien plus grandes sont notre foi et notre sécurité dans la victoire. Pour toutes ces raisons, à partir de ce moment précis, l'« Admiral Graf Spee » devient un navire corsaire ayant pour mission spécifique de traquer et de couler le plus grand nombre de navires ennemis et d'entraver le trafic transatlantique qui pourrait aller à l'encontre des intérêts de l'Allemagne. Je ne doute pas qu'en raison de la grandeur de notre patrie et du prestige de la marine allemande, chacun d'entre nous fournira l'effort maximal dont nous sommes capables, même si cela nous conduit au sacrifice de nos vies .

Un cri assourdissant qui éclata à l'unisson de la gorge d'un millier d'hommes s'éleva du cuirassé, se répandant sur toute la surface de la mer.

A partir de ce moment, le navire corsaire devra naviguer prudemment, toujours en alerte, restant caché parmi les vagues de l'Océan, à l'affût de sa proie. Toujours vigilant, toujours attentif aux lignes de l'horizon, où les silhouettes de ses ennemis pouvaient surgir à l'improviste, le « Graf Spee » devait naviguer sur les eaux comme un félin trotte au cœur de la jungle, attendant la victime propice qui lui servait comme cible pour leurs canons.

Le 13 septembre, deux semaines après le début des hostilités, le corsaire allemand était stationné dans une zone au-dessus de l'équateur, au relèvement 200e de Freetown. Pendant quatorze jours, il traqua sans succès le passage des navires anglais et, le vingt-septième, il se dirigea vers la côte américaine, débarquant à Babia.

Le 30 septembre, à 140 milles 125e de Pernambuco, le « Graf Spee » fait sa première mise à mort. Vers quatorze heures du jour indiqué, le cuirassé allemand naviguait parallèlement à la côte du Brésil, lorsque de la fumée fut aperçue au relèvement de 320°, ce qui fut immédiatement signalé par les services de surveillance. Tous les regards se tournèrent vers l'endroit visé, et il fut vérifié qu'en effet, une colonne de fumée montait dans le ciel au-dessus de l'horizon, à vingt-deux milles de distance. Le cuirassé a manœuvré et, mettant la proue au navire localisé, à toute vitesse, il s'est dirigé vers lui. Bientôt, on découvrit qu'il s'agissait d'un marchand anglais, d'environ cinq mille tonnes et lourdement chargé, comme l'indique la ligne de flottaison. Les Anglais, qui ne s'attendaient certainement pas à une rencontre aussi désagréable, n'ont identifié le navire de guerre naviguant vers eux que trop tard.

Langsdorff a ordonné qu'un message lui soit transmis lui ordonnant de s'arrêter et de se rendre prisonnier, et peu de temps après, le "Clément", comme on appelait le navire capturé, gisait complètement immobile sur les vagues. Immédiatement, plusieurs vedettes rapides pleines de marins armés et de quelques officiers, dont Karl, atteignirent les flancs du navire anglais et ses occupants montèrent à bord.

Le capitaine du « Clément » a dansé sur le pont. La pâleur de son visage contrastait avec son uniforme bleu foncé intense. La plupart des membres de l'équipage se tenaient derrière lui, et certains des hommes avaient les lèvres pincées et les mains serrées. Dans ses yeux, les émotions les plus contradictoires se lisaient facilement.

Un lieutenant allemand s'approcha du capitaine du navire marchand, et lui faisant un signe de la main sur sa casquette, lui notifia qu'à partir de ce moment lui et ses hommes étaient prisonniers d'Allemagne et qu'ils devaient se préparer à être transférés immédiatement sur l'"Altmark" comme tel.

Les vedettes repartent doublement chargées et le « Clément » est laissé à la merci du cuirassé allemand.

Karl est resté à bord avec quelques marins, afin d'inspecter la cargaison et de saisir la documentation du navire. Le premier consistait en une grande quantité de viande, peut-être argentine, et plusieurs tonnes de caoutchouc brut que le Clément avait dû charger dans quelque port brésilien. Dans la cabine du capitaine, Karl a trouvé la documentation qu'il cherchait et le journal de bord, ainsi que d'autres choses qu'il a également ordonné de prendre au cas où elles pourraient être utiles à Langsdorff. Ils ont finalement abandonné le navire et sont retournés au Graf Spee.

Le navire anglais se balançait doucement dans les vagues, dessinant sa silhouette sur la ligne d'horizon et attendant l'arrivée de la torpille qui l'enterrerait à jamais dans l'océan. Un sillage blanc quitte le cuirassé allemand en direction du « Clément ». Une terrible explosion, qui se répandit sur toute la surface de la mer, choqua la première proie du corsaire, qui, mortellement blessé, bascula lentement sur bâbord pour disparaître quinze minutes plus tard sous l'eau.

Le capitaine anglais avait eu le temps de signaler qu'il tombait entre les griffes d'un cuirassé corsaire allemand, et Langsdorff jugea donc prudent de changer immédiatement la scène. Le même jour, il embarqua pour l'Atlantique Est et débarqua à Loanda (Angola).

CHAPITRE IV
EN PLEINE CHASSE

Le naufrage du « Clément » signala à l'état-major de la flotte anglaise la présence d'un corsaire allemand dans les eaux de l'Atlantique Sud. Comme la plupart des unités de combat que l'Angleterre possédait dans cette zone étaient des croiseurs légers, pour qui le cuirassé de poche représentait un grave danger, une force adéquate fut immédiatement préparée qui, prenant rapidement la mer, pourrait traquer le corsaire. avant qu'il ne fasse plus de ravages sur le trafic marchand allié.

Le 2 octobre 1939, la force dite « K » commandée par le vice-amiral Wells quitte « Scapa Flow ». Cette force « K » était composée des unités suivantes : le croiseur de bataille « Renown », pesant 32 000 tonnes, avec six canons de 381 millimètres et douze canons de 102 millimètres. De plus, elle disposait d'une artillerie anti-aérienne abondante, de quatre avions de chasse et développait une vitesse de vingt-huit nœuds et demi. Le porte-avions « Ark Royal », le plus moderne de la flotte britannique, déplaçant 22 000 tonnes et armé de seize canons de 114 millimètres et de plusieurs canons anti-aériens. Sa vitesse était jusqu'à trente nœuds et demi, et ses soixante avions Swordfish et Skua étaient une force puissante. Quatre escortes de destroyers ont complété la formation.

Le groupement était parfaitement conçu. Beaucoup plus puissant que l'Amiral Graf Spee et considérablement plus rapide que lui, Renown pouvait relativement facilement submerger le cuirassé de poche dès qu'il était à portée de ses canons. Les avions du puissant "Ark Royal" devaient balayer l'Atlantique jusqu'à ce qu'ils localisent le corsaire puis conduire le "Renommé" jusqu'à lui.

La Force "K" est arrivée à Freetown le 12 octobre, alors que le "Graf Spee" était à l'Ascension, et après avoir ravitaillé ce dont elle avait besoin, elle a repris la mer en direction de Sainte-Hélène. Pendant près d'un mois, le groupe britannique a exploré une vaste zone, limitée par le parallèle de Sainte-Hélène, la côte du Libéria et les 0e et 20e méridiens de longitude. Les avions du porte-avions ne s'autorisent pas un instant de repos. Deux explorations étaient effectuées quotidiennement, une à l'aube, qui se terminait à dix heures, après quatre heures de vol, et une autre qui commençait à quatorze heures pour se terminer à la tombée de la nuit. Mais tout était inutile ; le corsaire allemand n'apparaissait pas.

Le seul résultat positif obtenu par la force «K» durant cette période fut la capture d'un navire marchand allemand. Le 4 novembre, un «Swordfish» signale la présence d'un navire allemand qui se dirige vers le centre de l'Atlantique. C'était le vapeur « Uhenfels », qui transportait en Allemagne une riche cargaison de peaux, de noix, de noix de coco et d'opium, évaluée à deux cent cinquante mille livres sterling. Elle a été arrêtée et emmenée dans une base anglaise.

Pendant tout ce temps, le « Graf Spee » avait poursuivi ses raids avec un succès singulier.

Après avoir coulé le « Clément », et alors que, fuyant un éventuel piège, il naviguait vers l'Angola, le 5 octobre il aperçoit un autre navire marchand anglais, le « Newton Beech », pesant 4 650 tonneaux, et, comme celui déjà coulé, lourdement chargé. L'après-midi commençait à décliner et les premières ombres du crépuscule teintaient en noir l'Océan. Dès que le paquebot anglais a identifié le corsaire allemand, il s'est tourné vers bâbord et a tenté de s'éloigner à toute vitesse et de se perdre dans la nuit. Langsdorff a immédiatement réalisé les intentions du marchand et a ordonné que les moteurs soient forcés de le rattraper avant qu'il ne devienne complètement noir. Il aurait été facile pour le « Graf Spee » de couler le « Newton Beech » avec ses 280 livres, mais Langsdorff n'a pas voulu le faire, d'abord parce qu'il avait l'intention de sauver le plus d'obus possible, puisque son séjour dans l'Atlantique allait être très long et qu'il pourrait en avoir besoin à la dernière minute, et d'autre part parce que cela aurait signifié la mort de tout l'équipage du navire anglais, ce qu'il voulait éviter. Quoi qu'il en soit, il était sûr que le vaisseau finirait en son pouvoir et qu'il n'était pas nécessaire de forcer les choses.

Le Newton Beech naviguait à une vitesse considérable, et bien que la distance entre lui et le corsaire diminuait de minute en minute, quand la nuit vint entre eux, il y avait encore une dizaine de milles. Heureusement c'était la pleine lune, ce qui facilitait grandement la poursuite du navire anglais qui se rapprochait de plus en plus. A trois heures du matin, Langsdorff avertit le capitaine du navire marchand que s'il ne s'arrêtait pas dans les quinze minutes, il serait coulé sans autre sommation par le cuirassé. La menace a pris effet et quelques instants plus tard, les marins allemands sont montés à bord, occupant complètement le navire. A l'aube l'équipage anglais fut transféré sur l'«Altmark», et après avoir embarqué sur le «Newton Beech» un équipage de proie, ils furent accompagnés par celui-ci, débarquant à Port Gentil (Afrique Equatoriale Française).

Deux jours plus tard, il captura l'Ashlea de 4 220 tonnes, chargé de riches peaux et de poisson séché, qui, torpillé, coula après avoir déplacé tout l'équipage. L'« Ashlea » fut le troisième navire capturé par le corsaire allemand et le second envoyé au fond de la mer.

Dès lors, le « Graf Spee » fut placé entre l'Afrique équatoriale française et la Sierra Leone, une zone fertile et propice à la chasse, et comme le « Newton Beech » ne lui rapporta aucune utilité pour le moment, le navire le coula. 9 octobre à côté d'un petit récif corallien.

Le lendemain, alors qu'il naviguait à quatre cents milles à l'ouest de l'île de l'Ascension, un grand navire marchand anglais, le Huntsman de 8 196 tonneaux, apparut soudain devant ses yeux. s'incliner devant l'île de l'Ascension. Langsdorff n'était pas intéressé à s'approcher trop près de ce point, car il craignait qu'il puisse y avoir des navires de guerre ennemis autour de lui; alors il a appelé Karl, chef de l'une des tourelles de huit pouces.

"Lieutenant Weber" lui dit-il. Arrêtez-moi immédiatement jusqu'à ce vaisseau. Empêchez-le de parcourir dix milles de plus.

Peu de temps après, deux salves du "Graf Spee" ont bifurqué le marchand, qui s'est immédiatement arrêté et s'est rendu au cuirassé allemand. Langsdorff s'est arrangé pour qu'un équipage de prix soit embarqué et navigue avec lui.

A cette époque, le commandant du corsaire allemand était tout à fait sûr que les Anglais étaient au courant de sa présence dans l'Atlantique et que plusieurs navires de guerre balayaient déjà la mer à sa recherche. Il a donc décidé de changer à nouveau la scène. Jusqu'au 22 octobre, il navigua en zigzag deux jours au sud-ouest, deux jours au sud et trois jours au nord-ouest.

Le 17, il coula le Huntsman, qui naviguait en sa compagnie depuis un peu plus d'une semaine. Le navire marchand, touché par deux torpilles, l'une au centre et l'autre à l'arrière, qui ouvraient de terribles cours d'eau, tremblait entre d'affreuses convulsions et commençait à sombrer lentement dans une mer d'écume et de grands remous. Quelques minutes plus tard, elle avait disparu de la surface et aux yeux des marins allemands qui l'accompagnaient dans son agonie.

Le « Graf Spee » se dirige alors vers l'est et, le vingt-deuxième jour, traque un nouveau navire marchand, le « Trevanion », de 5 299 tonneaux, qui est torpillé et coulé avec sa riche cargaison de bois.

Deux jours plus tard, Langsdorff convoque ses officiers. Dans la salle de réunion était assis le capitaine du cuirassé, avec le commandant adjoint du navire à sa droite. Le reste des officiers occupait les chaises placées de part et d'autre d'une longue table, certains restant debout faute d'espace suffisant. Karl s'entretenait avec Helmut et le lieutenant Stolff, comme le faisaient les autres officiers par groupes, attendant l'arrivée des derniers traînards. Quelques secondes plus tard, la porte de la chambre se ferma et Langsdorff se leva de son siège, puis se dirigea vers une carte accrochée à l'un des murs.

Si nous en rencontrions sur notre chemin, notre situation serait extrêmement difficile. Le « Graf Spee » ne peut pas rivaliser avec la plupart des croiseurs anglais, car ils sont supérieurs en puissance ou en vitesse. Dans les deux cas, notre chasse commencerait immédiatement, et d'ici peu nous aurions une grande escouade derrière nous. Notre tactique ne peut être autre que celle que nous avons suivie jusqu'à présent, c'est-à-dire frapper un coup rapide dans une certaine zone pour en disparaître immédiatement et réapparaître dans une autre aussi éloignée que possible. Ce n'est qu'ainsi que nous éviterons d'être localisés et persécutés de près. Mon intention est de mettre le cap sur l'océan Indien, en quittant pour l'instant l'Atlantique ; s'ils nous cherchent, ce qui, comme je l'ai dit, je n'en doute pas, ce sera précisément dans cet océan. Nous essaierons de couler un ou plusieurs navires dans l'océan Indien, cela fera aller les Anglais dans cette mer,

D'une longue aiguille, Langsdorff indiquait sur la carte l'itinéraire qu'il comptait suivre. Les regards des officiers le suivaient avec intérêt.

CHAPITRE V
UN VERRE DE XÉRÈS

"Il y a un autre point d'une grande importance" a poursuivi le capitaine. Il m'est nécessaire de connaître le nombre et l'importance des forces qui nous cherchent. Nos mouvements futurs en dépendent largement. Ce point était prévu avant de quitter l'Allemagne. Nos informations devaient nous être fournies par une chaîne d'agents qui, en différents points de la côte africaine et américaine, avaient pour mission spécifique de s'informer des mouvements des unités ennemies et de nous en rendre compte par radio. Je m'attendais surtout à avoir des nouvelles de Freetown et Capetown, mais apparemment quelque chose d'inhabituel s'est produit. Et comme il est vital pour nous de savoir où nous en sommes par rapport aux forces ennemies, nous devrons fournir nous-mêmes les informations qui ont échoué. J'ai besoin de deux officiers volontaires pour une mission risquée.

Langsdorff n'avait pas fini de parler que tous les officiers étaient debout.

« Merci à tous ! dit le commandant du cuirassé. Je n'en attendais pas moins de vous. Mais dans cette perspective, je les choisirai moi-même.

Un profond silence s'abattit dans la pièce. Tous les yeux étaient rivés sur Langsdorff, qui se tourna lentement vers l'endroit où Karl se tenait.

« Lieutenant Weber, s'exclama-t-il, êtes-vous prêt à être l'un d'eux ?

"Oui, mon capitaine" a déclaré Karl.

Helmut, debout à sa droite, a donné à son ami un piétinement vicieux qui a forcé sa jambe à rétrécir visiblement.

« Mon capitaine, dit immédiatement Karl, puisque vous m'avez fait l'honneur de me choisir précisément, je voudrais que vous me permettiez de désigner celui qui m'accompagnera.

"D'accord, Lieutenant," acquiesça Langsdorff. Vous le nommez.

« Lieutenant Berling.

"Selon. Dans une heure, je vous attends tous les deux dans ma cabine.

Sans un mot de plus, Langsdorff quitta la chambre, suivi de son second.

Les autres officiers quittèrent également la pièce, et Karl et Helmut montèrent ensemble sur le pont.

« Qu'est-ce que le capitaine voudra de nous ? », a demandé le second, comme s'il se parlait à lui-même.

« Et qu'est-ce que je sais ? s'exclama Karl. En tout cas, nous le saurons bientôt.

Le lieutenant Stolff s'approcha d'eux.

"Il me semble, les garçons, que vous allez bientôt vous retrouver dans un gros pétrin", a-t-il déclaré.

"Dans un désordre? demanda Helmut. Quel genre de gâchis?

"C'est facile à deviner", a poursuivi Stolff. Pourquoi le capitaine vous veut-il ? Évidemment pour que vous fournissiez les informations manquantes. Et où allez-vous trouver ces informations ? Eh bien, sur terre; c'est très simple.

"Évidemment" confirma Karl en regardant un point indéterminé à l'horizon.

"Hilarant ! a déclaré Helmut.

"Oui, très drôle", a déclaré Stolff.

« Mais à quel endroit ? demanda encore Helmut.

"Je pense que vous voulez tout savoir à l'avance", a déclaré Karl. Mais si ça peut t'aider, je te dirai que depuis ce matin nous naviguons vers Capetown.

"Ce serait entrer dans la fosse aux lions", a déclaré Stolff, les yeux écarquillés, "ou du moins dans sa tanière.

Il y eut un profond silence. Karl fumait une cigarette et ses yeux restaient fixés sur l'horizon. Helmut s'amusait à lancer des boules de papier à la mer et Stolff regardait d'un air absent son ami dans son opération inutile.

« Karl, dit soudain Stolff, veux-tu que j'y aille à ta place ?

Karl se retourna, rapide comme l'éclair.

"Pas question!", A-t-il dit. Aussi, pour quoi faire?

"Oui, Karl", dit Helmut à son tour. Hans a raison. Vous avez plus intérêt que nous à retourner un jour en Allemagne. Qu'il vienne avec moi.

« Je vous prie de ne pas insister sur une pareille absurdité », demanda Karl.

"Comme tu voudras," dit Helmut. Mais j'apprécierais vraiment si vous pouviez répondre à une question pour moi avant de commencer cette aventure, dont nous ne reviendrons peut-être pas.

"Quelle question?

« Le jour de notre départ de Wilhelmshaven, vous avez dit quelque chose de très étrange, sur lequel j'ai souvent réfléchi depuis. Est-il vrai que vous préféreriez ne jamais retourner en Allemagne ? Pourquoi? Que se passe-t-il entre toi et Naty ?

Karl jeta la cigarette par-dessus bord et, se retournant lentement, il tourna le dos à la mer.

"Cela" a-t-il dit "est trois questions, pas une. Je t'attendrai dans une demi-heure dans la cabine du capitaine. Plongeant les mains dans ses poches, il s'éloigna en direction du pont central, laissant Helmut complètement abasourdi. Stolff le ramena à la réalité d'une tape sur l'épaule.

"Hé, Helmut", dit le lieutenant, "il est naturel d'être intrigué par le comportement de Karl et de vouloir savoir ce qui ne va pas chez lui si vous avez remarqué quelque chose d'étrange. Mais il vaut mieux que vous ne lui posiez plus de questions sur ce particulier. Il vous remerciera.

"D'accord, Hans," acquiesça Helmut. Mais vous conviendrez avec moi que le comportement de Karl intriguerait n'importe qui. D'un autre côté, je suis son meilleur ami et il ne m'a jamais rien caché, pourquoi devrait-il le faire maintenant ?

"Regarde, mon garçon," continua Stolff. Nous avons tous des choses dans la vie que nous préférons cacher, même à nos meilleurs camarades. Vous connaissez Karl depuis à peine deux ans, mais j'ai été avec lui à l'Académie d'abord et au "Staal" plus tard. Ensemble, nous avons été transférés au « Graf Spee » et je connais sa vie et ses problèmes comme si c'était moi. Croyez-moi, ne lui posez plus de questions, vous le saurez un jour.

« Alors, tu sais ?

"Oui, je sais. Mais pas parce qu'il m'en a parlé, mais parce que je l'ai vécu aussi.

Helmut fixa son ami, les yeux interrogateurs.

"Non. Je ne vous dirai rien", continua Stolff. Je ne peux pas te le dire, c'est un secret qui ne m'appartient pas. C'est arrivé il y a plus de trois ans et je n'ai jamais dit un mot à personne. Ne t'attends pas à ce que je le fasse maintenant.

"Vous dites que la cause du comportement inexplicable de Karl a eu lieu il y a plus de trois ans, donc ce serait probablement quelque chose de grave. C'est la seule façon de justifier le maintien d'une attitude agaçante et désagréable pendant si longtemps. Vous ne pensez pas ?

« Vous vous êtes trompé de métier », dit Stolff en souriant. Vous auriez dû être diplomate. Oui, tu as raison. C'était quelque chose de très grave, ou du moins "le lieutenant continuait à regarder le ciel d'un air absent" semble-t-il.

« Est-ce que Naty a quelque chose à voir avec tout ça ?

"Fin de l'émission", a déclaré Stolff en allumant une cigarette. Tu ferais mieux d'aller voir le capitaine. Il doit vous attendre.

Poussant un soupir résigné, Helmut s'éloigna visiblement boudeur. Karl l'attendait déjà devant la porte de la cabine de Langsdorff. Après avoir frappé et obtenu la permission d'entrer, les deux hommes sont entrés dans la pièce. Langsdorff était absorbé par l'étude d'une carte de la côte ouest-africaine étalée sur une table. A côté de lui, le commandant en second du cuirassé notait dans un petit carnet de poche une longue série de noms, de numéros et de signes. Ils ont été invités à s'asseoir, ce qu'ils ont fait avec plaisir dans de petites mais confortables chaises rembourrées en cuir. Langsdorff a placé des gobelets devant eux, qu'il a ensuite remplis à ras bord d'un liquide doré.

« Xérès espagnol ! "Elle a dit en souriant." Il n'y a rien de mieux.

Les quatre hommes joignirent leurs verres pour porter un toast à la patrie lointaine, et Helmut, après avoir bu un long verre, se promit de visiter l'Espagne avec prudence le plus tôt possible.

CHAPITRE VI
ROUTE DU CAP

"Comme je vous l'ai dit il y a une heure "Langsdorff a commencé", vous allez devoir accomplir une mission dangereuse et importante. Je vous ai choisi, Lieutenant Weber, pour deux raisons : premièrement, parce que vous parlez couramment l'anglais, et deuxièmement, parce que je vous considère tout à fait capable de mener à bien la tâche à accomplir. Son choix était également heureux.

Helmut gonflait dans son fauteuil tandis que les yeux du capitaine se posaient sur lui.

« Le « Graf Spee » poursuit le commandant du navire « opère complètement seul dans une mer infestée d'ennemis. Mais ce qui m'inquiète le plus, c'est la méconnaissance que nous avons de leur nombre, de leur qualité et de leur situation. Les rapports que nous nous attendions à recevoir, pour une raison inconnue, ne sont pas arrivés. Votre mission est d'aller à la recherche de telles informations. Précisément. "Langsdorff ici a souligné ses paroles" à la base navale anglaise du Cap.

Helmut, malgré le fait que, comme Karl et Stolff, il devinait déjà leur destination, ne put empêcher les cheveux de se dresser sur sa tête. Entrer dans une base navale britannique en temps de guerre lui semblait une aventure hautement déconseillée. Karl, pour sa part, ne montra aucune émotion.

« Dans la ville de Capetown, et exactement à cette adresse », continua le capitaine en tendant à Karl un morceau de papier soigneusement plié, « vit un homme que les Anglais connaissent sous le nom de Tony Andreotti et supposent être italien. Il est en fait autrichien et son vrai nom de famille est Vessel. Il y a quelques années, il s'est installé au Cap, développant une entreprise prospère de tannage de peaux fines et nouant de grandes amitiés, par sa splendeur et sa générosité, avec un certain nombre des officiers anglais et européens les plus remarquables. Son vrai travail est de fournir à l'Allemagne des informations précieuses, en tant qu'agent du Troisième Reich, sur les bases navales africaines et le mouvement des escadres alliées. Il a dû nous fournir les données nécessaires pour pouvoir naviguer relativement en toute sécurité, mais, comme je l'ai dit, quelque chose d'inattendu semble s'être produit.

Helmut écoutait attentivement les explications de Langsdorff, ses yeux s'écarquillant et essayant en vain d'humidifier sa gorge sèche. Il avala le reste du contenu de son verre, maudissant dans sa barbe qu'il n'était pas beaucoup plus âgé.

« Il est maintenant temps pour vous d'apparaître sur la scène. Ce soir, nous atteindrons un point près de la côte africaine, à une soixantaine de kilomètres au nord de Capetown. En bateau à moteur et en compagnie de deux marins, dont je laisse le choix à votre bon jugement, ils iront à terre. Peu de temps avant de l'atteindre, ils s'arrêteront et, dans un canot pneumatique, vous devrez rejoindre la côte le plus près possible de Capetown, après avoir mémorisé l'emplacement exact du hors-bord afin d'y retourner. Ils iront alors en ville et chercheront le tanneur Tony Andreotti, dont ils obtiendront des rapports. Dans l'éventualité où il serait arrivé quelque chose à notre agent, il essaiera par tous les moyens de savoir s'il y a des unités de guerre ancrées dans la base, leur type et leur nombre et si possible l'arrivée probable d'autres navires. Si, par malheur, vous avez été arrêté, sur le terrain il faudrait chercher la meilleure issue, mais, bien que cela va de soi, sans raison, quelle qu'elle soit, il faudra révéler la présence du « Graf Spee » dans ces eaux. Instruisez également les hommes qui vous accompagnent, afin qu'en cas de danger, d'être capturés en attendant, ils aillent à la mer si la menace vient de terre, ou qu'ils disparaissent dans la jungle s'ils craignent d'être arrêtés de derrière. la mer. Dès qu'ils auront quitté le navire ce soir, nous reprendrons la mer, en revenant dans quatre jours à ce même point pour les récupérer. Dans le cas où vous ne seriez pas arrivé, nous reviendrons la nuit suivante, et si vous n'êtes pas revenu non plus, nous n'aurons d'autre choix que de disparaître à jamais. quoi qu'il en soit, vous devrez révéler la présence du « Graf Spee » dans ces eaux. Instruisez également les hommes qui vous accompagnent, afin qu'en cas de danger, d'être capturés en attendant, ils aillent à la mer si la menace vient de terre, ou qu'ils disparaissent dans la jungle s'ils craignent d'être arrêtés de derrière. la mer. Dès qu'ils auront quitté le navire ce soir, nous reprendrons la mer, en revenant dans quatre jours à ce même point pour les récupérer. Dans le cas où vous ne seriez pas arrivé, nous reviendrons la nuit suivante, et si vous n'êtes pas revenu non plus, nous n'aurons d'autre choix que de disparaître à jamais. quoi qu'il en soit, vous devrez révéler la présence du « Graf Spee » dans ces eaux. Instruisez également les hommes qui vous accompagnent, afin qu'en cas de danger, d'être capturés en attendant, ils aillent à la mer si la menace vient de terre, ou qu'ils disparaissent dans la jungle s'ils craignent d'être arrêtés de derrière. la mer. Dès qu'ils auront quitté le navire ce soir, nous reprendrons la mer, en revenant dans quatre jours à ce même point pour les récupérer. Dans le cas où vous ne seriez pas arrivé, nous reviendrons la nuit suivante, et si vous n'êtes pas revenu non plus, nous n'aurons d'autre choix que de disparaître à jamais. ils vont à la mer si la menace vient de la terre, ou pour qu'ils disparaissent dans la jungle s'ils craignent d'être arrêtés par derrière. la mer. Dès qu'ils auront quitté le navire ce soir, nous reprendrons la mer, en revenant dans quatre jours à ce même point pour les récupérer. Dans le cas où vous ne seriez pas arrivé, nous reviendrons la nuit suivante, et si vous n'êtes pas revenu non plus, nous n'aurons d'autre choix que de disparaître à jamais. ils vont à la mer si la menace vient de la terre, ou pour qu'ils disparaissent dans la jungle s'ils craignent d'être arrêtés par derrière. la mer. Dès qu'ils auront quitté le navire ce soir, nous reprendrons la mer, en revenant dans quatre jours à ce même point pour les récupérer. Dans le cas où vous ne seriez pas arrivé, nous reviendrons la nuit suivante, et si vous n'êtes pas revenu non plus, nous n'aurons d'autre choix que de disparaître à jamais.

Langsdorff s'est levé et Karl et Helmut ont emboîté le pas.

« Préparez vos affaires et soyez prêt dans trois heures. Habillez-vous en civil, pas très neuf, et évitez de transporter tout document ou objet qui pourrait vous trahir.

À l'extérieur de la cabine du capitaine, Helmut tapota le dos de son ami.

« Vous devez être heureux, non ? "Je demande". Il me semble que votre souhait de ne pas retourner en Allemagne sera exaucé.

Karl se chargea de choisir les deux hommes qui devaient les accompagner. Deux garçons jeunes et forts, puisque les vicissitudes qui, si les choses allaient mal, pouvaient arriver, exigeaient de telles conditions. A vingt-trois heures, bien après la tombée de la nuit, le cuirassé s'arrêta complètement. Un bateau à moteur équipé de tout le nécessaire est mis à l'eau et les deux marins choisis par Karl s'y rendent, Langsdorff serre chaleureusement la main des deux officiers et leur donne les dernières recommandations.

« Emportez ceci avec vous, vous en aurez peut-être besoin, surtout le lieutenant Berling. « Helmut a pris au capitaine une bouteille soigneusement enveloppée dans du papier cartonné.

« Sherry ? », a-t-il demandé.

« Sherry » affirma le capitaine.

"Merci Monsieur.

Langsdorff a ensuite remis à Karl une enveloppe bleue.

« Une fois que vous aurez localisé Tony Andreotti, dit-il, vous lui remettrez cette enveloppe. Cela dissipera toutes les appréhensions de sa part et vous mettra à sa disposition. Bonne chance!

Karl et Helmut sont rapidement descendus dans le hors-bord, prêts à mettre les voiles. Stolff, penché sur la rambarde, leur fit signe de s'éloigner.

"Dites bonjour à la plus jolie fille du Cap pour moi", a-t-il crié alors que ses amis commençaient à s'éloigner du bateau.

"Ne vous inquiétez pas", assura Helmut. Nous le ferons.

Le bateau était perdu dans l'ombre et le bourdonnement de son moteur devenait de plus en plus faible, jusqu'à ce qu'il s'éteigne complètement.

Toute la nuit ils naviguèrent en ligne droite vers la côte, et lorsqu'une légère teinte bleutée dans le ciel leur apprit que le lever du soleil était proche, ils se dirigèrent vers le sud vers la base anglaise.

« Attention ! cria soudain Karl en désignant un point au loin. Un navire navigue dans cette direction.

Tous les regards se tournèrent vers l'endroit indiqué. Une colonne de fumée noire s'éleva dans le ciel, à une quinzaine de kilomètres d'où ils se tenaient.

« C'est sans aucun doute un navire anglais. Elle se dirige vers le nord, laissant supposer qu'elle vient du Cap. Il est commode de s'arrêter, la piste que nous avons laissée derrière nous pourrait nous trahir.

Le hors-bord s'arrêta et se balança sur les vagues. Les quatre hommes, allongés à l'intérieur, suivaient avidement la progression du paquebot, qui s'éloignait peu à peu, faisant route vers le nord, jusqu'à ce qu'il se perde dans la mer.

"S'ils suivent ce cours", a déclaré Karl, "ils seront entre les mains du Graf Spee avant longtemps." Le Cap ne doit pas être assez loin, environ huit milles. Je pense que nous ferions mieux de nous diriger vers la terre.

Le canot est jeté à l'eau et les deux officiers s'y installent après avoir donné les dernières instructions aux marins.

« Vous ne devez pas vous laisser prendre par les Anglais. Je vous ai déjà dit comment vous devez réagir si vous vous voyez en danger. Ce soir essayez de vous rapprocher un peu du sol et surtout protégez vous du soleil ; L'insolation peut être mortelle.

"Et ne finissez pas tout le sherry", a-t-il ajouté. Helmut. « Laisse-moi quelque chose pour mon retour.

Les deux amis ramèrent longtemps, atteignant enfin la terre ferme. Du bateau à moteur, les marins les suivirent des yeux jusqu'à ce qu'ils disparaissent parmi l'épaisse végétation de la côte.

CHAPITRE VII
AU COEUR DE LA JUNGLE

"C'est un beau bulletin de vote qu'ils nous ont remis", a déclaré Helmut, s'arrêtant un instant et essuyant la sueur de son front. Traverser plusieurs kilomètres de jungle vierge infestée de vermines de toutes sortes, finir par se reposer parmi les Anglais dans l'une de leurs bases navales les mieux défendues, rendrait à n'importe qui la santé perdue.

« Allez mec ! Karl l'encouragea. On ne peut pas perdre de temps. Ce soir il faut atteindre les portes de Capetown pour entrer dans la ville en profitant de l'obscurité.

Ils reprirent leur marche, se frayant un chemin à travers l'épaisse végétation. Les lianes et les troncs d'arbres tordus rendaient leur progression extrêmement difficile. Parfois, ils s'enfonçaient jusqu'aux genoux dans d'épaisses couches de boue et de boue que les pluies récentes avaient formées, pour marcher sur des pierres pointues et anguleuses qui torturaient leurs pieds malgré leurs chaussures.

Ils arrivèrent sur les bords d'un fleuve assez puissant, dont les eaux s'étendaient sur les épaisses branches des arbres qui poussaient sur ses rives. Une armée de singes de toutes tailles s'enfuyait sur son passage, tandis qu'un vacarme assourdissant grondait dans l'espace.

"Nous devrons traverser à la nage", a déclaré Karl. Nous n'avons ni le temps ni les moyens de construire un radeau.

"D'accord. Mais ça ne me servirait à rien de finir par servir du crocodile en entrée.

"Ces petits animaux n'apparaissent que dans les romans et dans les films", a assuré Karl. Ne t'en fais pas.

Ils se déshabillèrent rapidement, et, faisant un paquet de leurs vêtements, les attachèrent sur leurs têtes avec les ceintures. Ils ont ensuite plongé dans l'eau.

"Après tout, un bain nous fera du bien", a déclaré Helmut.

Ils étaient un peu plus à mi-chemin de l'autre côté de la rivière lorsque Karl poussa un cri d'avertissement.

« Courez Helmut ! Nagez vite, de toutes vos forces.

« Que se passe-t-il ? », a demandé son ami.

« Ne posez pas de questions et faites ce que je vous dis.

Un peu plus tard, ils atteignirent la rive opposée, haletants et à moitié épuisés. Helmut se débarrassa du poids de ses vêtements et prit une profonde inspiration.

« Voulez-vous me dire ce qui vous est arrivé ? "Elle a demandé.

« Tourne-toi et tu verras.

A une dizaine de mètres à peine, un énorme crocodile ouvrit ses mâchoires allongées, les regardant avec avidité.

« Hilarant ! a dit Helmut. Apparemment, les auteurs de ces romans auxquels vous avez fait référence il y a un instant viennent dans ces lieux pour être inspirés. Quelle coïncidence !

Après s'être essuyés et habillés, ils ont continué leur chemin. Leurs bras et leurs jambes étaient couverts de sang. Les épines des buissons s'enfonçaient dans leur chair sans s'en apercevoir à peine et de nombreux essaims de moustiques se nourrissaient avidement de leurs blessures. Soudain, Helmut sauta à l'envie de n'importe quel champion olympique, et aussi vite qu'un éclair sortit son pistolet de son étui.

"Quand même ! Karl lui a crié dessus. Ne tirez pas, vous pourriez attirer l'attention.

« Alors qu'est-ce que je fais ? demanda Helmut, les yeux exorbités.

« Mais que se passe-t-il ? Je ne vois rien d'anormal.

« Non, hein ? Daignez tourner la tête vers la droite et vous le saurez.

Karl l'a fait. Tout près d'eux, un énorme serpent se glissait entre les feuilles.

"Ce n'est pas grave", a assuré Karl. C'est un boa, un animal très malheureux.

« Un animal malheureux, dites-vous ? Eh bien, ça n'en a pas l'air. Quoi qu'il en soit, quoi qu'il en soit, tu ferais mieux de foutre le camp de cet endroit. Je reviendrai l'année prochaine pour me construire une petite maison avec un jardin.

Il faisait nuit quand ils virent les premières lumières de Capetown. La végétation s'étendait sans interruption jusque très près de la ville, il leur était donc relativement facile d'approcher les premières maisons sans être vus.

"A partir de ce moment", a déclaré Karl, "il est préférable de marcher comme si de rien n'était. Mettez vos mains dans vos poches et essayez de chanter une chanson joyeuse. Il faut adopter un air insouciant.

Peu de temps après, les deux amis marchaient dans une rue modérément éclairée où se promenaient des Indiens à la peau foncée. De temps en temps un homme blanc, avec un chapeau à larges bords et des robes pâles, croisait son chemin. Soudain, le sang de Karl se glaça dans ses veines. Helmut, une cigarette au coin de la bouche, sifflotait une chanson comme on le lui avait conseillé. La chanson était belle, mais elle s'appelait "Rose Marie" et elle était allemande. Deux secondes plus tard, la cigarette d'Helmut était tombée de ses lèvres et il sentait aigrement le creux de son estomac.

Sur le papier que Langsdorff leur avait donné, en plus d'écrire le nom de la rue où habitait Tony Andreotti, une carte avait été dessinée afin qu'il leur soit possible de trouver son adresse sans avoir à demander à personne, et dans ce bien après Après une heure et demie de course autour de la ville, ils s'arrêtèrent devant une maison peinte en blanc avec des garnitures en briques rouges.

« Le voici », dit Karl. Il est dix heures du soir. Vraisemblablement, notre ami est rentré maintenant.

Mais il avait tort. Après avoir frappé au moyen d'une vieille cloche attachée au haut de la porte, la porte s'est lentement ouverte et un homme noir, qui devait mesurer environ six pieds de hauteur, est apparu dans l'embrasure de la porte.

"Monsieur. Andreotti, es-tu chez toi ? Karl a demandé.

"Non, messieurs" s'exprima le Noir dans un jargon compliqué mélangeant l'anglais et quelques dialectes indigènes, mais il se fit comprendre. Le monsieur est sorti, comme tous les soirs, se promener.

« Et où pourrions-nous le trouver ?

L'homme noir hésita. Il vint à l'esprit de Karl qu'Andreotti lui avait peut-être demandé de ne donner à personne des informations sur ses mouvements.

"Nous sommes vos amis", a poursuivi Karl. Nous venons d'arriver de l'intérieur et avons besoin de le voir sur une question qui l'intéresse beaucoup.

« Ces messieurs peuvent revenir dans une heure s'ils le souhaitent. Je ne sais pas où il est allé. « Le domestique ferma la porte, laissant les deux officiers dans la rue.

« Merde ! s'exclama-t-il avec indignation, Helmut. Alors, qu'est-ce qu'on peut faire maintenant ?

"Eh bien, exactement ce que l'homme noir a dit. Nous allons faire demi-tour et revenir dans un instant.

Ils continuèrent à marcher dans la même rue, et bientôt ils se retrouvèrent sur une large place d'où l'on avait une large vue sur la mer éclairée par la lune.

« Beau panorama ! soupira Helmut. Personne ne dirait que le « Graf Spee » se cache près d'ici.

« S'il vous plaît, taisez-vous et ne commettez plus d'imprudence. Allons dans ce bar... ou quoi que ce soit.

Par la porte d'un immeuble situé sur la même place, les sons d'une chanson amusante ont été filtrés, mêlés aux voix des hommes et au bruit des bouteilles et des verres qui s'entrechoquent.

Ils sont entrés dans les locaux. Une atmosphère épaissie par la fumée de tabac et la transpiration de nombreux corps faillit faire reculer Helmut, mais voyant que Karl était déjà à l'intérieur, il le suivit. Ils s'approchèrent d'un comptoir en bois long et sale, commandèrent deux cognacs et, après les avoir finis, se tournèrent vers le centre de la place, où deux danseuses indigènes dansaient au rythme d'une petite musique monotone et entraînante. Karl parcourut des yeux les recoins les plus reculés. À une table de l'autre côté de la pièce, plusieurs officiers de marine étaient assis, buvant sans arrêt le contenu d'une bouteille de whisky, riant et bavardant avec animation. L'entrée des deux amis avait attiré l'attention et plusieurs yeux étaient fixés sur eux. Ils ont fait de leur mieux pour se comporter naturellement, parvenant bientôt à ne plus être la cible de tous les regards.

Les femmes indigènes ont terminé leur danse au milieu d'une salve d'applaudissements par lesquels le public a récompensé leur travail. Karl applaudit également sans grand enthousiasme, tandis qu'Helmut ordonna de remplir leurs tasses vides. La pièce fut illuminée plus intensément et par l'une des portes qui donnaient accès à la partie arrière des lieux une jeune femme vêtue d'une robe « du soir » entièrement blanche apparut.

"C'est mieux maintenant", a déclaré Helmut, après avoir laissé échapper un sifflement aigu qu'il n'a pas pu réprimer.

La jeune fille, qui chantait alors les premières mesures d'une chanson française populaire, ne devait pas avoir plus de vingt-cinq ans. Elle était extrêmement mince et ses cheveux blonds contrastaient avec la couleur bronzée de son teint. Elle était aussi remarquablement jolie, et les nuances de sa voix plaisaient aux deux amis, surtout Helmut, qui la regardait avec fascination.

"Jusqu'à ce qu'on soit de retour à bord", dit Karl, "oublie que tu es allemand et exprime-toi toujours en anglais, même quand tu es seul. Si tu ne fais pas plus attention, on va se retrouver dans grande difficulté.

Sans s'arrêter de chanter, la jeune fille s'approcha de Karl et Helmut avec un charmant sourire qui fit frissonner Helmut. Karl, de son côté, était plus attentif à l'officier anglais qui ne les quittait pas des yeux, qu'aux sympathies de la jeune femme. Elle s'approcha du comptoir et, s'arrêtant devant Karl, elle le prit amoureusement par le bras.

"Bien ! dit Helmut. "Et je peux être frappé par la foudre, n'est-ce pas
?

C'était comme si la jolie fille chantait exclusivement pour Karl,
ne se souciant pas beaucoup de la présence d'autres personnes dans la
pièce. Sa voix devint plus douce, plus caressante.

"Brise qui descend des montagnes lointaines,
Désaltère dans ma poitrine ton haleine glaciale, Le volcan qui
me dévore».

"Wow! s'exclama Helmut, perplexe.

"Enfin tu as quitté les mers
Te contempler dans le bleu profond de mes yeux.

Helmut suait de l'encre. Qu'aurait-elle voulu dire par « tu as enfin
quitté les mers » ? Saurait-elle quelque chose ?

Karl regardait maintenant la fille qui, appuyée sur son bras, ne
quittait pas des yeux les siens. Elle a finalement terminé la chanson
et est partie suivie d'une ovation debout. Le lieutenant allemand avala
d'un trait le contenu de sa tasse, et s'apprêtait à quitter les lieux suivi de
son ami, lorsqu'il vit que l'officier anglais, qui les avait observés avec tant
d'insistance, s'approchait d'eux.

CHAPITRE VIII
JENNIE

"Bonsoir, messieurs," salua l'officier. "Permettez-moi de me présenter. Lieutenant de la Marine de Sa Majesté Charles Hall.

Karl a renvoyé un léger hochement de tête.

« Mon nom » dit-il « est Morris, Arthur Morris, chasseur. Ce monsieur est mon associé, John Sheffield.

Karl et Helmut serrèrent la main de l'Anglais.

"Mes collègues et moi" a-t-il poursuivi "nous avons réalisé que vous êtes bien seul. Nous serions honorés si vous daigniez vous asseoir à notre table. Nous fêtons une grande nouvelle, d'une grande importance pour nous.

« Oh ouais ? dit Helmut, ennuyé.

« En effet, messieurs. Il y a à peine quelques heures, nous avons appris que notre porte-avions «Ark Royal», que l'on croyait perdu, n'a pas été coulé par l'aviation allemande, comme on l'avait dit à l'origine, mais au contraire, il navigue sain et sauf dans l'Atlantique. Comprenez, messieurs, que nous ayant tous de bons amis sur un tel navire, la nouvelle nous a rendus très heureux. Acceptez-vous notre invitation ?

"Avec grand plaisir ! acquiesça Karl en commençant à marcher vers la table occupée par les officiers anglais. Ils étaient quatre, dont le lieutenant Jenkins, et ils se levèrent tous lorsque Karl et Helmut arrivèrent. Après les présentations requises, ils ont de nouveau occupé leurs sièges correspondants.

« C'est-à-dire, dit l'un d'eux en remplissant les verres des deux Allemands, que vous êtes des chasseurs. Quel bénéfice leur apporte un métier aussi risqué ?

« Fourrures », répondit rapidement Karl. Peaux fines, principalement léopard, panthère et serpent. Ils sont cotés à bon prix.

« Qui les achète ?

« Jusqu'à présent, la ville de Bloemfontein était notre principal marché. Mais aujourd'hui, nous avons dû nous en passer, en raison de l'attitude hostile de certaines tribus. Les indigènes s'opposent à nos chasses, malgré le fait qu'elles se déroulent dans la plus stricte légalité, et afin d'éviter des incidents désagréables, nous avons choisi d'essayer de vendre notre dernier gibier au Cap.

« Vont-ils trouver quelqu'un pour les acheter ici ?

« Nous l'espérons, même si nous ne connaissons personne ; mais comme nos marchandises sont convoitées et que le prix est raisonnable, nous trouverons certainement quelqu'un qui s'y intéresse.

« Où sont les skins maintenant ?

Karl commençait à s'énerver et tant de questions. Mais, mordez la balle, il a continué à lui mentir.

« A quelques kilomètres à l'intérieur des terres. Ils sont gardés par nos serviteurs, attendant l'ordre de les amener à la ville.

"Ma femme m'a demandé plusieurs fois de lui envoyer une peau de serpent entière pour faire je ne sais quoi", a déclaré le lieutenant Jenkins. Avez-vous des stocks?

« En effet, nombreux et bons. Mon partenaire va le choisir pour vous, c'est un spécialiste de ce genre de reptiles », a déclaré Karl en souriant.

"Très reconnaissant", s'exclama le lieutenant. Et dites-moi, M. Sheffield, comment chassez-vous des animaux aussi dangereux ?

« Dangereux ? demanda Helmut en riant de force. Mais les serpents sont des créatures très malheureuses, n'est-ce pas, Arthur ? Je n'utilise pas toujours la même méthode ; utiliser des pièges spéciaux, mais plus d'une fois j'ai été obligé d'en achever un qui était trop rebelle en lui brisant le crâne avec une pierre.

Karl faillit éclater de rire. Helmut était évidemment effrayé par ses propres paroles, et il imaginait avec horreur quel rôle infructueux il jouerait s'il était forcé de démontrer son héroïsme.

Les officiers anglais considéraient les deux amis avec admiration et respect, à l'exception du lieutenant Jenkins, dont les yeux brillaient d'une lumière étrange.

« Avez-vous une cigarette, monsieur Morris ? "Il a dit tout à coup." J'ai épuisé.

"Je suis désolé, Lieutenant," se lamenta Karl. Cela fait un moment que je ne les ai pas finis aussi.

Helmut fouilla dans sa poche son étui à cigarettes, mais un superbe coup de pied de Karl l'arrêta. Un officier anglais distribua des cigarettes à tout le monde et la conversation se poursuivit avec animation.

"Bonjour Jenny ! " dit le lieutenant Jenkins au bout d'un moment en se levant. Karl tourna la tête. Derrière lui se trouvait la fille qui quelques instants auparavant l'avait choisi comme destinataire de sa chanson. , dans laquelle elle était vraiment belle. Ils se levèrent tous.

"Permettez-moi de vous présenter ces messieurs," dit Jenkins, "MM. Morris et Sheffield, tous deux chasseurs. Mlle Jenny Saife.

Les deux jeunes hommes s'inclinèrent respectueusement. Elle les lui rendit avec un sourire agréable.

« Je croyais que vous étiez d'abord français, dit Karl en l'invitant à s'asseoir, vous maîtrisez parfaitement la langue de Molière.

« J'ai quelque chose de français, en effet. Je suis né au Danemark, mais j'ai vécu la majeure partie de ma vie en France et en Angleterre, et je suis au Cap depuis environ un an. Vous, les gars, êtes nouveaux en ville, n'est-ce pas ?

« Ces messieurs, interrompit Jenkins, sont des chasseurs, comme je vous l'ai déjà dit. Ils viennent d'arriver de l'intérieur avec une cargaison de fourrures qu'ils ont l'intention de faire commerce dans la ville.

« Des fourrures ? Avez-vous déjà un acheteur ? demanda Jenny.

« Non, madame ; nous ne connaissons personne ici, mais nous le trouverons.

« Dans ce cas, continua la jeune fille, je peux peut-être vous aider. "Vous?

"Oui. Je connais le principal tanneur et marchand de fourrures de ces parages. Je veux dire Tony" dit la jeune femme en s'adressant au lieutenant Jenkins.

"Eh bien, c'est vrai !" il s'est excalmé. « Comment cela n'aurait-il pas pu m'être venu à l'esprit avant ?

Le sang d'Helmut se glaça. Sans doute parlaient-ils de l'homme qu'ils cherchaient, l'agent allemand.

"Si je ne vais pas vous déranger, j'apprécierais que vous me mettiez en contact avec lui," demanda Karl, imperturbable.

"Je le ferai très volontiers" assura Jenny. « Il se trouve qu'il habite près d'ici ; Je vais moi-même vous accompagner.

L'orchestre entame les premières mesures de « Perfidia », la célèbre pièce de danse espagnole qui fait fureur à l'époque dans toute l'Europe. Il sembla à Karl qu'il y avait quelque chose de perfide dans le comportement de chacun. En Jenkins, en Jenny et en lui-même.

« Tu m'invites à danser ? " demanda la jeune fille en se tournant vers Karl.

Karl quitta son siège et, en compagnie de Jenny, se dirigea vers la piste de danse. Il enroula son bras droit autour de sa taille et se fondit avec les autres couples.

« Vous chassez depuis longtemps ? demanda soudainement Jenny.

«Je pense que je l'ai fait toute ma vie. L'Afrique n'a plus de secrets pour moi.

"C'est bizarre", a-t-elle poursuivi. Tu danses très bien pour avoir vécu une grande partie de ta vie parmi les bêtes.

"C'est une simple intuition. J'ai une oreille musicale remarquable et il ne m'est pas difficile de suivre le rythme d'une mélodie simple.

Ils se turent tous les deux. Jenny garda les yeux sur le visage de Karl, et Karl continua à regarder Helmut, plongé dans une conversation animée avec les officiers anglais.

"Es-tu anglais?" demanda la fille.

« Oui, même si, comme je vous l'ai déjà dit, j'ai vécu presque toujours en Afrique.

« Votre pays est en guerre. Ne fera-t-il rien pour elle ?

Karl a une boule dans la gorge.

« Je ferais volontiers pour mon pays ce qu'il me demanderait, même s'il s'agissait de ma propre vie.

Jenny fixa ses yeux bleus dans les siens, comme si elle essayait de lire ses pensées. Karl sentit que la main droite de la jeune fille exerçait une légère pression sur ses doigts et que son corps se pressait contre le sien, réduisant la distance entre eux.

« Oseriez-vous même pénétrer dans une base navale ennemie pour obtenir des informations ? « Demanda-t-elle en soulignant ses propos.

Karl frissonna. Pendant un instant, une obscurité impénétrable obscurcit ses yeux et il sentit ses jambes faiblir.

"Oui, même cela ferait l'affaire," conclut-il enfin.

L'orchestre termina les dernières mesures et tous deux retournèrent à table. Les officiers anglais étaient attentifs aux explications et aux détails que proposait Helmut sur la chasse aux serpents, sans doute inspirés par un excès de whisky.

"Il se fait tard," dit Jenny, ne s'asseyant pas. « Si tu le souhaites, je t'accompagnerai chez Tony.

"Je pense que ce sera pour le mieux", a déclaré Karl.

Les deux amis dirent au revoir aux officiers anglais, et en compagnie de la jeune fille s'apprêtaient à quitter la pièce lorsque le lieutenant Jenkins leur cria :

« Resterez-vous longtemps dans la ville ?

"Peut-être quelques jours", a répondu Karl. « Jusqu'à ce que nous vendions toutes nos peaux.

« Cela étant, demain nous vous attendrons à nouveau ici. M. Sheffield doit finir de nous dire comment les serpents sont chassés.

"Nous ne manquerons pas" a ajouté Helmut. Je vais même vous expliquer comment ses morsures doivent être soignées.

Karl et Helmut, accompagnés de Jenny, sortirent dans la rue.

CHAPITRE IX
TONY

La cloche de la maison du tanneur sonnait joyeusement. Voyant que personne ne répondait à l'appel, Helmut insista à nouveau. Bientôt la porte s'entrouvrit, le visage noir du domestique apparaissant dans l'interstice, qui, après avoir soigneusement posé les yeux sur Jenny, finit par les laisser entrer.

« Le monsieur vient d'arriver, dit-il. « J'ai déjà annoncé sa précédente visite et il vous prie de bien vouloir entrer dans la salle.

Karl maudit mille fois son imprévoyance. Il regarda Jenny de côté et il lui sembla que la fille souriait discrètement.

Le noir les invita à s'installer dans deux chaises grillagées, disparaissant plus tard derrière des rideaux de chanvre. Quelques minutes passèrent, pendant lesquelles les deux amis et Jenny gardèrent un profond silence. Un peu plus tard, les rideaux s'écartèrent de nouveau et un homme d'environ quarante-cinq ans, grand et maigre, parut sur la scène. Ses yeux, brillants et mobiles, ressemblaient à ceux d'un renard, et sa démarche rappelait à Karl les grands félins du parc de Hambourg.

« Quelle belle surprise, Jenny ! "Dit-il en se penchant autant qu'il le pouvait devant la fille et en lui baisant la main." A quoi dois-je une visite aussi inattendue ?

Karl et Helmut s'étaient levés, et la jeune femme partageait son regard avec les trois hommes.

« Par hasard, dit-elle, j'ai rencontré ces messieurs aujourd'hui. Ils ont une importante cargaison de fourrures et j'ai pensé que cela pourrait vous intéresser. Ce sont MM. Morris et Sheffield, chasseurs. » Puis, se tournant vers Karl et Helmut, elle ajouta : « Voici M. Andreotti.

Il s'avança juste assez pour serrer la main des deux amis.

"Wow Wow! il s'est excalmé. Des skins, hein ? Quel genre de peaux ?

« Plutôt bien », répondit Karl. « Léopard et serpent. Mais nous avons du renard noir, du lion et du boeuf.

"Où sont-elles?

« À dix milles d'ici, dès que nous aurons un marché, nous les amènerons.

"Je pense que ma présence ne sert à rien," dit Jenny en se levant. « J'attendrai qu'ils aient fini de marcher dans le jardin » et sans plus attendre, elle quitta la pièce.

« Avez-vous beaucoup chassé ? demanda Andreotti en prenant une chaise en face de ses visiteurs.

« Tant pis », répondit Karl.

« De gros morceaux ?

« Certains dépassaient six mille tonnes.

« Comment ? Avez-vous l'intention de vous moquer de moi ? » demanda Andreotti avec une expression impénétrable.

"En aucun cas", a nié Karl. Le « Huntsman » atteignait huit mille kilos et le « Clément » et le « Trevanion » dépassaient les cinq mille.

« Je n'ai jamais entendu de tels noms. S'agit-il de pièces rares ?

« Rare, oui ; mais pas terrestre, mais maritime. Maintenant, ce sont des tas de ferraille informes au fond de l'océan ; mais il y a quelques jours, ils ont navigué sur les mers sous pavillon anglais.

Andreotti se leva et se dirigea lentement vers un petit meuble d'où il sortit une bouteille de cognac et trois verres. Il en plaça deux sur une table devant Karl et Helmut et les remplit ensuite.

"Qu'est-ce que tu veux de moi? « Il a demandé en regardant l'alcool tomber dans les verres.

Karl tendit la main, une enveloppe bleue dépassant de ses doigts.

"C'est pour toi," dit-il. Lisez-le et vous saurez ce que nous voulons.

Andreotti déchira l'enveloppe et en tira un morceau de papier tout aussi bleu. Il le déplia lentement et se plongea dans la lecture de son contenu. Helmut sentit son front baigné de sueur froide. Pouvaient-ils vraiment faire confiance à cet homme ? Comme Langsdorff leur a dit, il était autrichien et avait vécu parmi les Anglais pendant de nombreuses années. Quelle serait sa véritable position ? Ne les entraînerait-il pas dans un piège ? Pourquoi n'avait-il pas informé le Graf Spee ?

Tony Andreotti termina la lecture, plia le papier et y mit le feu avec une allumette. Il ferma ensuite les portes et tira les rideaux de chanvre.

« Vous n'êtes pas sans courage, dit-il, mais vous êtes entré dans la fosse aux lions. Je n'ai pas pu informer le capitaine Langsdorff car il m'a été totalement impossible de le faire. Les Anglais me soupçonnent depuis longtemps, bien qu'ils sachent très bien le cacher ; Vous devez admettre qu'ils ne sont pas stupides. J'ai une station dans mon hangar de séchage des fourrures à l'extérieur de la ville, mais je ne peux pas m'en approcher, car les Britanniques l'ont localisée et la gardent constamment pour que quelqu'un puisse l'utiliser. J'ai essayé tous les moyens imaginables de communiquer avec vous, mais tous ont échoué.

"Quelque chose comme ça, nous l'avons supposé", a déclaré Karl.

"Comment es-tu arrivé là?

« En utilisant un bateau à moteur que nous avons caché à environ huit milles au nord.

« Comment as-tu rencontré Jenny ?

« Elle nous a été présentée par des officiers anglais il y a quelque temps ; dans une salle qui est sur une place près d'ici et dont je ne me rappelle pas le nom.

« Officiers, dites-vous ? Connaissez-vous leurs noms ?

« Je ne me souviens que d'un seul. Lieutenant Jenkins.

« Jenkins ! » s'exclama Andreotti. « Précisément Jenkins ! Il est chargé de veiller sur moi jour et nuit. À ce moment-là, il traînera dans la maison en attendant de voir ou d'entendre quelque chose.

"Ils semblaient très amicaux", a déclaré Helmut. « Je ne pense pas qu'ils nous soupçonnent.

« Non, hein ? Ne vous fiez pas aux apparences. Quels objets transportent-ils ?

"Presque rien", répondit Helmut. Le mouchoir, quelques livres sterling et des cigarettes.

« Quel genre de cigarettes ?

"Kub.

"Donnez-les-moi tout de suite" ordonna Andreotti, en prenant leurs stocks correspondants des deux mains. « Vous est-il jamais venu à l'esprit que les Anglais seraient très surpris si deux chasseurs de l'intérieur fumaient des cigarettes allemandes ?

Helmut comprit alors pourquoi son ami lui avait donné ce superbe coup de pied une heure plus tôt.

"C'est très bien", a déclaré Karl. « Mais ce qui nous intéresse le plus, c'est que vous nous fournissiez les informations pour lesquelles nous sommes venus afin que nous puissions partir immédiatement.

"Tout ira. Dis-moi d'abord où se trouve le "Graf Spee".

Karl hésita un instant.

« Près d'ici », dit-il enfin.

« Où exactement ?

"Pour le moment, il lui suffira de savoir qu'il marche dans ces eaux", répondit Karl.

« Je vois qu'ils se méfient de moi. Je ne peux pas le blâmer. Maintenant, écoutez-moi attentivement. Je marcherai avec vous dès que possible. S'il était encore là, il serait bientôt arrêté. Nous aurons probablement des difficultés et peut-être que certains ne pourront pas atteindre le « Graf Spee ». C'est pourquoi il est nécessaire que nous sachions tous les trois ce qui intéresse le capitaine Langsdorff afin que nous puissions l'informer sur son compte quel que soit le sort des deux autres. En ce moment, poursuit-il, une puissante formation navale anglaise navigue à toute vapeur ici. Il est composé du croiseur lourd « Renown » et du porte-avions « Ark Royal », avec cinquante-huit appareils à son bord, ainsi que de quatre destroyers. Il faut que le « Graf Spee » quitte ces eaux immédiatement et cherche une nouvelle zone d'opérations,

"Langsdorff avait pensé à naviguer vers l'océan Indien", a déclaré Karl.

"Excellente idée!" Andreotti approuva. "Dans ladite mer, les Anglais n'ont pas une force considérable, tout au plus un destroyer qui n'implique pas de danger sérieux pour le " Graf Spee ". Plus au sud, sur la côte américaine, l'Angleterre a une autre formation navale en mouvement constant. Il est composé des croiseurs "Cumberland", "Exeter", "Ajax" et "Achilles", commandés par le Commodore Harwood. Une rencontre avec notre cuirassé pourrait lui causer de sérieux ennuis, mais jamais tel qu'il le serait s'il était forcée d'affronter la Renommée dans un combat inégal.

A ce moment quelqu'un frappa à une porte. Andreotti fit signe à Helmut de l'ouvrir, et Helmut s'exécuta. Jenny est entrée dans la pièce.

"Je pense que le prix est quelque peu exagéré", a déclaré l'agent allemand, se tournant vers Karl et prétendant qu'il n'avait pas remarqué la présence de la jeune fille.

"Il y a des prix", dit-elle, "qui ne sont jamais exagérés.

CHAPITRE X
UNE FEMME COMME BEAUCOUP

Andreotti se tourna lentement vers Jenny, occupée à cueillir les tiges d'un petit bouquet de fleurs diverses, coupé dans le jardin de la maison.

« Vous pensez que oui ? », a-t-il demandé.

"Naturellement," répondit-elle en souriant. « Je suis sûr que ce que ces messieurs vous offrent vaut plus que ce qu'ils demandent.

"Ça doit être vrai si tu le dis," répondit Tony. Se tournant alors vers Karl, il poursuivit : « Si les peaux sont de la qualité que vous m'avez assurée, je suis prêt à garder tout le lot si vous m'accordez une remise de dix pour cent sur le prix initialement négocié.

"D'accord," dit Karl en se levant. « J'ordonnerai immédiatement à mes porteurs d'amener la cargaison au Cap. Demain, ou au plus tard après-demain, ils seront là.

« Avez-vous déjà un logement ? demanda Andreotti.

"Non. Nous ne sommes arrivés qu'il y a cinq heures et nous n'avons pas pu nous en occuper.

« Dans ce cas, je serais très honoré si vous acceptiez ma modeste hospitalité. Ma maison est simple et manque de luxe, mais vous vous y sentirez mieux que dans n'importe quel hôtel de la ville, où la propreté la plus élémentaire brille par son absence.

"Mais. "Karl a commencé une petite manifestation" nous avons peur de causer des désagréments.

"Pas question! "dit l'agent allemand." Sa compagnie me sera très agréable. Au fait, avez-vous dîné? Non? Je leur ai immédiatement ordonné de préparer quelque chose.

Andreotti se dirigea vers un bout de la pièce en faisant retentir un petit gong sur une petite table. À peine une minute passa, les rideaux de chanvre s'écartèrent et la silhouette imposante de l'homme noir apparut.

« Togo » dit son maître, « ordonne à ta femme de préparer un bon dîner pour... Toi, as-tu encore mangé, Jenny ? "Il a demandé à la fille." Oui ?... pour deux personnes.

Le Togo a rapidement disparu. Helmut trouvait délicieuse la perspective d'un bon repas. Ils n'avaient pas mangé un morceau depuis longtemps avant de quitter le bateau à moteur, et il avait l'impression que son estomac avait été « repassé » par un rouleau compresseur.

"Je dois y aller maintenant," dit Jenny, faisant un geste pour se lever. « Ma mission est terminée.

"En aucun cas! protesta Andreotti. « À moins que vous n'ayez un engagement inéluctable.

"Non, je n'ai aucun engagement" assura la jeune fille. « Mais ces messieurs seront fatigués et voudront bientôt prendre leur retraite.

"Non, mademoiselle", a nié Helmut. « Nous avons l'habitude de dormir peu. Quelques heures nous suffisent pour bien récupérer. De plus, avec cette chaleur accablante, nous pouvions à peine nous endormir.

"Tu ferais mieux de rester", a déclaré Andreotti. « Ces messieurs ne sont évidemment pas habitués à être en compagnie de si jolies filles.

"Merci, Tony," remercia-t-elle. « Vous êtes très galant.

Jenny se rassit. Karl regardait maintenant la fille avec un intérêt particulier, et il devait admettre qu'elle était en effet très jolie. Il se demanda quel mystère la vie de Jenny recelait et quelle avait été sa véritable existence. Actuellement, elle dansait dans une boîte de nuit du Cap ; mais qu'aurait-elle fait dans le passé ? Quelle longue chaîne d'épreuves et de souffrances aurait-elle dû endurer peut-être ?

La jeune fille tourna légèrement la tête et ses yeux rencontrèrent les siens. Longtemps, ils se regardèrent en silence. La douceur des traits de Jenny fit une profonde impression sur Karl. Dans ses yeux bleus, qui commençaient à fasciner le lieutenant allemand, se reflétaient un calme et une sérénité qui l'impressionnaient profondément, tandis que dans sa bouche, parfaitement dessinée, se devinait une légère pointe d'amertume.

Andreotti se racla délibérément la gorge et Karl revint à la réalité. Helmut s'est amusé à préparer un "cocktail", en mélangeant à cet effet, dans un récipient approprié, une partie du contenu de toutes les bouteilles qu'il a trouvées à l'intérieur du meuble du bar. Le mélange a pris une couleur noirâtre indéfinie, mais le goût n'était pas désagréable.

Togo réapparut de nouveau, annonçant que le dîner était servi, et le maître de la maison conduisit les deux amis et Jenny dans la salle à manger. La nourriture était succulente et tout cela se passa en conversations animées. Des sujets aussi disparates que la guerre, la chasse aux fauves, dans la technique desquels Helmut finit par se consacrer comme une véritable notabilité, la littérature et la musique furent abordés. Karl remarqua tout de suite que Jenny avait une culture peu commune, ce qui le surprit, compte tenu de l'environnement dans lequel elle vivait. Après le dessert, la jeune fille a exprimé son désir de partir et Karl a volontiers proposé de l'accompagner.

"Vous êtes une femme étrange", a-t-il dit, alors que tous deux étaient déjà dans la rue.

"Pourquoi ?

« Vous avez une culture remarquable. Vous connaissez la plupart des classiques anglais, allemands et espagnols et êtes également impliqué dans la littérature moderne. Ceci, et pardonnez-moi, n'est pas en accord avec... votre façon de gagner votre vie.

Karl regretta immédiatement d'avoir parlé si brusquement. Le visage de Jenny reflétait une profonde tristesse. Ils marchèrent longtemps en silence, traversant plusieurs rues, la plupart faiblement éclairées.

"Parfois" dit la jeune fille "nous ne sommes pas autorisés, par nécessité impérieuse, à choisir le genre de vie que nous aurions voulu. Je ne danse pas dans une boîte de nuit pour le plaisir, M. Morris, mais parce que, en ce moment, J'en ai besoin pour continuer à vivre.

« Je vous demande pardon, Jenny », demanda humblement Karl. « Je ne voulais pas la contrarier. Je ne savais sûrement pas comment exprimer ce que j'essayais de dire. Je veux dire qu'ayant une éducation plus que soignée, il ne vous serait pas difficile de trouver un autre genre de travail qui vous convienne mieux.

"Je l'ai cherché à plusieurs reprises, mais je n'ai pas pu le trouver.

« Pourquoi ne me parles-tu pas de ta vie, Jenny ? » Karl a demandé.

« Êtes-vous vraiment intéressé ? demanda-t-elle en le fixant.

"Oui, je suis très intéressé.

« Je vais vous faire un bref résumé. Je suis né, comme je vous l'ai déjà dit, au Danemark ; Je suis donc danois de naissance. Quand j'étais très jeune, mes parents, qui jouissaient alors d'une position confortable, m'ont envoyé étudier en France, où j'ai séjourné dans une pension luxueuse pendant de nombreuses années. Quand j'avais quinze ans, mes parents sont morts en peu de temps, me laissant une fortune considérable, qui a été gérée en tant que tuteur par un de mes cousins beaucoup plus âgé. Je n'ai jamais su exactement ce qui s'est passé, mais le résultat a été qu'en peu de temps j'étais dans une misère totale. Impuissant, je suis alors allé demander protection à quelques parents éloignés, dont j'espérais recevoir de l'aide en compensation d'anciennes faveurs reçues de mon père. Mais personne n'a voulu me servir en prétextant diverses raisons qui ne sont pas pertinentes. J'ai abandonné l'école et j'ai pu trouver un emploi de dactylographe dans les bureaux d'un exportateur de vin, que ma famille connaissait depuis des années. C'était un homme bon et il m'a traité avec toute la considération, me payant beaucoup plus que mon travail ne le méritait et veillant même à ma sécurité à la demande d'un père. Mais au bout de deux ans, il mourut aussi et ses héritiers liquidèrent l'entreprise. Je me suis revu dans la rue, complètement seul. Je suis ensuite allé en Angleterre, entrant au service d'une dame âgée, en tant qu'escorte. C'était une femme mauvaise et égoïste, que j'ai dû endurer longtemps, car il m'était impossible de trouver mieux, toutes sortes de souffrances et d'insultes. Ne pouvant plus résister, je la quittai un jour pour rejoindre le groupe de danse d'une compagnie de magazines ; le salaire était ridicule et le traitement mauvais, mais cela m'a permis de me tirer d'affaire et j'ai continué à voyager à travers une grande partie de l'Europe. Enfin, grâce à des amis, j'ai obtenu un bon placement dans une entreprise de bois à Capetown, mais peu de temps après mon arrivée, l'entreprise a fait faillite. A présent, vous savez quel est mon travail. Daniel, le propriétaire de la discothèque, malgré son caractère parfois un peu bourru, est au fond quelqu'un de bien. Il me paie plus que je ne peux dépenser, et "conclut Jenny" c'est tout.

Ils firent le reste du chemin en silence. Soudain, la jeune fille s'arrêta.

"Je vis ici," dit-elle. « Comme vous pouvez le voir, c'est une petite maison un peu isolée, mais elle est jolie et a un grand jardin à l'arrière. Je le partage avec deux filles qui travaillent à l'hôpital militaire de la Marine. Entre les trois, nous obtenons relativement bon marché.

CHAPITRE XI
SACRIFICE SUBLIME

"Jenny ! dit Karl en prenant les mains de la jeune femme dans les siennes. « Avez-vous déjà été vraiment heureux ?

La jeune fille tarda à répondre. Elle l'a finalement fait, sa voix à peine audible, ses yeux baissés.

« Jamais ! Je pense que jamais. Je me souviens seulement d'avoir été heureux quand, enfant, je jouais dans la forêt de notre maison à Copenhague. C'est très dur de vivre seul au monde !

"Oui, Jenny. Je sais quelque chose sur ce que c'est.

Ses yeux rencontrèrent soudain les siens avec tout le pouvoir de fascination que Karl avait déjà observé.

« Dites-moi, monsieur Morris, quel est votre vrai nom ?

Karl a une boule dans la gorge.

"Je n'ai pas d'autre nom que celui-ci" assura-t-il avec peu de conviction. "Je m'appelle Morris, Arthur Morris je suis anglais et mon métier est de chasser les bêtes pour profiter de sa peau. Je pensais te l'avoir déjà dit.

"Non, mon ami" a nié la jeune fille. "Vous n'êtes ni anglais ni chasseur de gibier, et votre vrai nom Morris n'est pas non plus. Qui es-tu?

Karl n'a pas répondu.

"Sauf pour le nom" a poursuivi Jenny, "les deux autres extrêmes que je connais parfaitement. Vous et votre ami êtes allemands, et votre raison d'être au Cap n'est pas de vendre des fourrures, mais d'apprendre les mouvements et les intentions des Anglais.

"Tu es très intelligent," dit Karl avec ironie. « Puis-je savoir dans quel cas absurde si grand ?

"Ce n'est pas absurde ni une supposition gratuite de ma part. Je sais juste. Je connais parfaitement depuis longtemps ce qu'est le véritable travail de M. Andreotti, même s'il ne sait pas que je connais ses activités. La ruse d'un espion peut être plus que suffisante pour tromper un homme, mais pas l'intuition d'une femme. Je m'en suis douté tout de suite, notamment à cause de son vif intérêt à obtenir des informations des officiers anglais, et je l'ai vérifié plus tard. Quant à toi, je savais qui tu étais peu de temps avant que je quitte la boîte de nuit ce soir. Le comportement de votre partenaire, principalement, m'a fait comprendre; son choc quand j'ai nommé Tony, leurs histoires de chasse folles, leurs tenues vestimentaires inconvenantes pour les chasseurs de gibier, leurs visages légèrement brûlés par le soleil et votre connaissance de la danse moderne, ils étaient plus qu'assez d'indices pour faire ouvrir les yeux à n'importe qui. Plus tard, chez Andreotti, les quelques doutes qui me restaient ont disparu. Pourquoi avez-vous fermé portes et fenêtres dans la chaleur accablante ce soir ? C'était une précaution inutile de s'occuper d'une simple vente de fourrure, vous ne trouvez pas ?

Karl avait suivi les explications de Jenny avec un visage embrumé et un front en sueur. Un seul mot de la jeune fille suffirait pour que lui et Helmut soient immédiatement arrêtés et internés dans un camp de concentration. Mais il y avait quelque chose, quelque chose que je ne pouvais pas définir, qui lui disait que Jenny ne les donnerait jamais.

« Comment vous appelez-vous ? », a demandé la jeune femme, en allemand.

"Karl" dit-il, incapable de s'en empêcher. Karl Weber. Vous pouvez maintenant avertir la police si vous le souhaitez.

La jeune fille rapprocha lentement son visage du sien. Karl pouvait déjà sentir l'haleine parfumée de Jenny sur son visage. Il encercla machinalement la taille de la jeune femme, l'attirant à lui et joignit ses lèvres aux siennes.

« Karl », dit Jenny peu après, la tête appuyée sur l'épaule du lieutenant allemand, « tu dois fuir immédiatement ; Vous devez tous les deux fuir, vous et...

"Helmut.

« ... et Helmut. Je ne suis pas le seul à avoir remarqué; aussi le lieutenant Jenkins soupçonne quelque chose. Si vous ne le faites pas, vous ne tarderez pas non plus à être arrêté, et je ne veux pas que cela se produise, parce que... Je t'aime, Karl.

Il était toujours autour de sa taille, mais ses pensées étaient très loin de là, beaucoup plus au nord, en Europe, en Allemagne. Il se souvenait de Naty, sa Naty adorée. Il se sentait un peu coupable. Si Naty savait ça...!

"Nous ne pouvons pas partir ce soir, Jenny," dit-il enfin. «Nous sommes sûrement sous surveillance, et notre départ soudain alimenterait les soupçons. Demain, sous prétexte d'aller chercher les porteurs, nous fuirons.

"Et je ne te reverrai plus" sanglota la jeune fille. « J'ai enfin trouvé le bonheur et il passe à mes côtés comme un coup de vent.

« Oui, Jenny ; on se reverra un jour "Karl a assuré, pas très sûr de ce qu'il disait". Quand tout sera fini.

« Allez, Karl, vas-y tout de suite ! "demanda-t-elle les larmes aux yeux." Allez avec les vôtres et que Dieu vous protège.

La jeune fille se débarrassa de son étreinte, et ouvrant la porte de la maison, elle disparut à l'intérieur.

"Au revoir, Jenny," dit Karl. Mais Jenny ne l'entendait plus...

En revenant chez Andreotti, il le trouva occupé à une série de préparatifs.

"Dieu merci, vous êtes revenu", a-t-il dit. «Avec l'aube, nous devons essayer de fuir. Un de mes hommes est venu m'informer que les Anglais envisagent de s'enquérir demain de sa véritable personnalité. J'ai préparé trois chevaux pour pouvoir rejoindre le bateau à moteur et avec lui le « Graf Spee » le plus rapidement possible.

« N'aurez-vous pas envie de quitter tout cela ? Karl a demandé. « Ici, il vivait comme un prince, ses affaires étaient florissantes et il ne manquait de rien.

"Oui, je le sentirai en partie" a répondu Andreotti. "Mais pas trop. J'ai depuis longtemps décidé qu'il me faudrait un jour quitter Capetown, et ce jour est arrivé. Par contre, j'ai envie d'un peu de repos, ma santé est brisée par la tension nerveuse dans laquelle j'ai vécu ces dernières années. J'ai des économies considérables à l'étranger et j'ai l'intention de les utiliser pour passer le reste de ma vie sans soucis.

« Où est le lieutenant Berling ? Karl a demandé.

« En haut, se reposer un peu.

Peu de temps après, Karl rejoignit Helmut, qui était allongé les jambes croisées sur un lit, fumant tranquillement une cigarette.

« Ne vous endormez pas », conseilla Karl. Dans quatre heures, nous devrions être en route.

« Ne t'inquiète pas, je ne m'endormirai pas. J'ai bu trop de café et ce serait impossible pour moi. As-tu finalement quitté la fille ? « Où ?

"Dans sa maison.

"C'est une très jolie fille, mais elle me semble un peu dangereuse.

« Dangereux ? demanda Karl. « Non, elle ne l'est pas. Elle sait qui nous sommes depuis qu'elle nous a vus. D'ailleurs, je l'ai confirmé.

Helmut sauta sur le lit comme piqué par une vipère.

"Que lui as-tu dit?

"Oui.

« Mais es-tu fou ?

"Non, je ne le suis pas. Jenny ne dira rien.

"Tu ne diras rien, hein? Tu m'as frappé toute la nuit, pour laquelle j'ai encore mal au ventre, pour de petites indiscrétions de ma part, et maintenant il s'avère que tu dis tout à la première femme qui te regarde avec une vache yeux. Cela ressemble à un mensonge ! "Helmut se promenait dans la pièce avec ses mains sur la tête." Quelle imprudence, mon Dieu ; quelle insouciance ! Ces passions tumultueuses que vous soulevez partout où vous irez, finiront par nous être fatales.

"Calme toi mec! Karl a demandé. « Je vous assure que rien ne se passera à cause d'elle. Je te parlerai de Jenny plus tard.

« Plus tard ? Quand ? Quand on est avec l'eau jusqu'au cou ? Quelle belle situation ! D'un côté les Anglais et de l'autre la jungle avec ses petits vers amicaux et malheureux. double cognac à oublier.» Helmut a disparu par la porte, suivi de Karl.

* * *

Aux premières lueurs de l'aube, les deux lieutenants allemands et Andreotti quittent la ville. Leurs montures étaient bonnes et ils chevauchaient à une vitesse considérable à travers les fourrés et les arbres de la jungle. Andreotti s'arrêta soudain.

"Quelqu'un nous suit", a-t-il dit. Accélérons la marche.

Ils mettaient les chevaux au galop, mais devaient souvent s'arrêter devant des obstacles naturels, tels que des zones marécageuses, de petits ruisseaux ou une végétation envahissante.

« Maintenant, je suis sûr qu'ils nous suivent », répéta Andreotti en arrêtant sa monture. A partir de là, les chevaux ne sont plus d'aucune utilité. Il faut les abandonner et continuer la marche à pied.

Ils ont épaulé les petits paquets que l'agent allemand avait apportés avec lui et se sont dirigés vers les broussailles.

Après un court moment de marche, Karl a poussé un cri d'avertissement. Un groupe d'hommes armés de fusils a dévalé une colline voisine.

« La police indigène ! s'exclama Andreotti. "À pleine vitesse!

Ils étaient sur le point de continuer leur course lorsqu'un homme apparut devant eux que Karl reconnut immédiatement comme étant le lieutenant Jenkins. Il avait un pistolet à la main, avec lequel il le braqua sur eux, et un sourire ironique apparut sur sa bouche.

« Messieurs, la comédie est terminée ! "Il a dit". Au nom de Sa Majesté Britannique, donnez-vous des prisonniers.

Rapide comme l'éclair, Karl dégaina son pistolet et tira presque sans viser. Jenkins posa sa main gauche sur son épaule droite et lâcha l'arme. Un nouvel homme sortit du fourré et, en visant soigneusement, il tira sur Karl. Mais quelque chose d'inattendu, quelque chose auquel personne n'a pensé, s'est produit alors. Une silhouette, vêtue d'une robe blanche, est apparue sur la scène et s'est jetée dans les bras de Karl. La balle qui lui était destinée se logea dans le dos du nouveau venu, et Jenny, parce que c'était elle, tomba au sol. Andreotti a tiré son revolver contre celui qui avait blessé la fille, l'éliminant d'un tir précis à la tête.

Karl s'agenouilla à côté de la jeune femme et lui fit reposer sa tête sur son bras.

« Jenny ! il s'est excalmé. « Pourquoi avez-vous fait cela ?

« Karl, je... j'ai appris que tu allais être arrêté et je voulais te le dire, mais... j'étais en retard. « Elle parlait avec difficulté, se tendant énormément, et Karl s'est rendu compte douloureusement que la fille était en train de mourir.

Helmut avait une arme sur le lieutenant Jenkins, qui était appuyé contre un arbre, serrant son épaule blessée avec sa main. Andreotti, derrière des buissons, surveillait la police indigène qui s'approchait rapidement.

"Jenny," dit Karl, "tu m'as sauvé la vie en exposant la tienne. Tu ne devrais pas le faire.

"Je suis heureuse, Karl," dit-elle d'une voix brisée. "Vous m'avez donné les seuls moments vraiment heureux de ma vie. Maintenant, je peux dire que j'ai été heureux une fois. "Puis elle a continué": Je vais mourir...

« Non, Jenny, non ! "Il a crié, faisant un mouvement pour la prendre dans ses bras et la soulever." Nous vous emmènerons avec nous et vous guérirez bientôt.

La jeune fille l'arrêta d'un geste faible.

« Pauvre Karl ! "Elle a dit". Vous savez que cela ne peut pas être.

La couleur bleue de ses yeux devenait de plus en plus intense et sa respiration plus difficile.

«Karl, dis-moi quelque chose. Là-bas... en Allemagne, il y a quelqu'un qui attend votre retour... n'est-ce pas ?

Il baissa les yeux et sentit ses yeux se couvrir un instant.

« Est-elle jolie, Karl ? « Elle a demandé en caressant le visage du lieutenant allemand.

« Oui, Jenny, elle est très jolie ; mais pas autant que toi.

"Merci, Karl" remercia-t-elle avec un faible sourire.

"J'aimerais pouvoir faire quelque chose pour toi," cria-t-il avec angoisse.

« Tu peux le faire si tu veux. Embrasse-moi encore une fois.

Karl se pencha sur la jeune fille et pressa ses lèvres contre les siennes. Quand il se redressa, Jenny avait déjà expiré. Ses joues étaient blanches comme neige et ses yeux étaient fixés sur le ciel.

« Au revoir Jenny ! », dit Karl, après avoir doucement abaissé la tête de la fille au sol. « Ne t'oublie jamais !

A ce moment Helmut accourut vers son ami, et le saisissant par le bras, le força à le suivre.

En passant devant le lieutenant Jenkins, Karl s'arrêta un instant.

« Avez-vous besoin de quelque chose ? », a-t-il demandé.

"Rien merci.

« Je suis désolé que nous ne nous soyons pas rencontrés dans de meilleures circonstances.

Rapides comme le vent, les trois hommes disparurent dans le fourré.

CHAPITRE XII
L'ÉVASION

Pendant plus de trois heures, ils ont marché sans relâche à travers la jungle à vive allure, poursuivis de près par la police indigène. Helmut haletait bruyamment. Ses poumons semblaient prêts à éclater et tout son corps était matériellement couvert de sueur. Sans se soucier de la présence éventuelle de serpents, qui lui inspiraient tant d'horreur, il pénétra dans les sous-bois les plus colorés ou barbota sans crainte dans les vasières et marécages. Il maudissait tout à voix basse, les Anglais, Karl, l'agent allemand et lui-même, et se serait réjoui en partie de l'apparition de quelque reptile sur lequel il avait promis de décharger sa fureur.

Karl, quelques pas devant son ami, courut aussi vite que ses jambes fatiguées le portaient, prêtant à peine attention à ce qui l'entourait. Il marchait comme un automate, sans comprendre exactement la raison de cette folle fuite. Passant devant un arbre sec et fissuré, il s'est coupé le bras profondément avec une branche trop basse, mais il s'en est à peine rendu compte. Ses mains et ses pieds saignaient abondamment et la boue qui recouvrait ses blessures aurait causé un tourment effrayant à un autre qui n'aurait pas été Karl, complètement inconscient de la réalité. Son attention était focalisée sur le souvenir de la longue série d'événements qui leur étaient arrivés en quelques heures. Son départ du Graf Spee, la longue marche à travers la jungle sur le chemin du Cap ; les officiers anglais rencontrés dans la boîte de nuit, où Jenny lui avait chanté cette chanson qu'il croyait encore entendre ; le dîner chez Andreotti et l'haleine parfumée de la jeune fille et surtout sa mort dans ses bras. Karl se demanda si tout cela n'avait pas été un rêve ou un cauchemar sorti de son imagination. Mais les malédictions qu'Helmut murmurait continuellement dans son dos lui faisaient renoncer à une telle supposition : c'était la réalité ; réalité agréable et triste à la fois.

Andreotti était le seul à garder son sang-froid. Faisant preuve d'une grande habitude, sans doute acquise lors de son long séjour en Afrique, il se faufile dans l'épaisse végétation avec une relative aisance, profitant des chemins les plus reculés et trouvant les raccourcis les plus inattendus. Il s'arrêtait parfois un instant et écoutait attentivement, pour reprendre immédiatement sa course vertigineuse.

Ils atteignirent la rivière où Karl et Helmut s'étaient si vite aperçus l'après-midi précédent.

"Ces eaux sont infestées de crocodiles", avertit Karl Andreotti.

"Je sais" fut sa réponse. Il sortit alors d'un paquet quatre petits artefacts, de la taille d'une orange, qu'il plaça soigneusement sur le sol.

"Grenades à main", a-t-il dit en s'adressant aux deux amis. « Cela éloignera les Sauriens pendant quelques instants. Nous pouvons ici attirer l'attention de nos poursuivants, mais rien d'autre n'est possible.

Andreotti a pris les quatre grenades une par une et, après avoir arraché le cran de sécurité, les a jetées dans la rivière. Quatre détonations secouèrent la jungle et autant de colonnes d'eau s'élevèrent à une hauteur considérable. Sans se déshabiller cette fois, ils ont immédiatement sauté à l'eau, atteignant peu après la rive opposée.

"Nous y sommes parvenus", a déclaré l'agent allemand. marche!

Ils ont marché toute la journée, bien qu'à un rythme plus lent, et en fin d'après-midi, ils étaient hors de portée de la police coloniale. Andreotti s'arrêta près de quelques rochers blottis au pied d'une petite colline, et se débarrassant de son fardeau, il se laissa tomber à terre.

« Nous allons passer la nuit ici », a-t-il dit. Dans une heure, il pleuvra et, en cas d'orage, nous risquons de nous perdre. D'un autre côté, nous sommes tous les trois fatigués et avons besoin de manger quelque chose et de nous reposer quelques heures. Avec l'aube nous ferons le reste du chemin.

Helmut leva les yeux vers le ciel. D'épais nuages noirs s'amoncelaient par moment, prenant un aspect extrêmement menaçant. Un vent violent se mit à siffler à travers les arbres, fouettant violemment son visage. Ses vêtements étaient encore trempés et il avait froid. Il s'assit à côté de Karl qui, les yeux baissés, semblait inconscient de tout.

« Allez Karl ! Rassurez-vous un peu ! "Il a dit". Vous n'êtes pas responsable de ce qui s'est passé. Il est commode que vous essayiez de vous en remettre, n'oubliez pas que nous devons encore terminer notre mission.

Andreotti a sorti une bouteille de cognac d'un sac, qu'il a remis à Helmut. Il l'a débouché et a forcé son ami à prendre une longue gorgée. L'alcool a ravivé Karl, qui a immédiatement semblé en sortir. Helmut mit la bouteille à rude épreuve, ne la lâchant pas jusqu'à ce que son estomac l'ordonne impérieusement.

« Maintenant » dit Andreotti « nous allons chercher une grotte, abondante dans cette région, où nous pourrons nous réfugier. L'averse sera grosse.

Après une courte recherche, ils trouvèrent une petite grotte, à l'intérieur de laquelle ils se réfugièrent. Un éclair, suivi d'une lumière éblouissante, déchire le ciel et signale le début d'un terrible orage, si fréquent sous les tropiques.

Avec quelques bûches sèches, ils ont trouvé qu'ils ont fait un feu, à la chaleur duquel ils se sont approchés. La jungle était silencieuse. Ses habitants s'étaient tus, effrayés sans doute par le grondement du tonnerre, et ceux-ci et le bruit monotone des épais rideaux d'eau qui tombaient des nuages troublaient seuls le silence régnant.

« Nous devons être conscients. A ces occasions, les bêtes se réfugient n'importe où, et nous pourrions avoir une visite désagréable.

Andreotti dégaina son revolver, le sécha soigneusement et le chargea de munitions tirées d'un petit étui en toile étanche. Karl et Helmut ont emboîté le pas.

Tout au long de la nuit, il n'a pas cessé de pleuvoir. Aux premières lueurs du jour, ils reprirent leur marche, arrivant en début d'après-midi à l'endroit où ils laisseraient caché le canot pneumatique. Mais même s'ils l'ont cherché partout, ils ne l'ont pas trouvé.

CHAPITRE XIII
LA FIN D'UN ESPION

"Wow ! Nous avions juste besoin de cela", a déclaré Helmut. Alors, que pouvons-nous faire maintenant ?

— Eh bien, raison, dit à son tour Andreotti. Discutez, pour voir si on trouve un moyen d'atteindre le bateau à moteur.

« Je suis presque sûr que c'était l'endroit.

Karl reconnaissait sans cesse le rivage, marchant sans cesse d'un bord à l'autre.

"Et vous ne vous trompez pas", assura l'agent allemand. Cette nuit dernière, la mer a été très agitée et les vagues auront sûrement rompu l'amarre et traîné le bateau.

« Mais si on le laisse, à terre ! protesta Helmut.

« Où exactement ?

"Là. A côté de ces rochers. "Helmut pointait du doigt des rochers derrière lui, à une cinquantaine de mètres de l'eau.

"Être comme ça" a poursuivi Andreotti, la chose est très claire. La marée est montée, comme vous pouvez le voir sur les signes laissés derrière, et il l'a emportée.

"J'ai ordonné aux marins" dit Karl "de se rapprocher le plus possible de la côte. Peut-être pouvons-nous les localiser.

Les trois commencèrent à scruter attentivement la mer. Soudain, Helmut cria.

"Là, ils sont là. Sur la droite, à environ deux milles d'ici.

Electivement, à l'endroit indiqué par Helmut, ils pouvaient voir un point noir indéterminé, mais logiquement ils supposaient que c'était le bateau à moteur. Ils ont passé plus d'une heure à crier, à faire des gestes et à agiter des branches et des chiffons blancs, mais tout cela était inutile. Ils ont allumé un feu, espérant que la fumée serait facilement vue par les marins, mais ce n'était pas le cas.

« Nous ne pouvons pas passer toute la journée à essayer d'attirer leur attention. Je suppose que vous savez nager, n'est-ce pas ? demanda Andreotti.

"Je pense que c'est la seule chose que j'ai bien apprise dans cette vie", a assuré Helmut.

« Eh bien, ne perdons plus de temps et essayons de gagner le bateau à moteur à la nage.

Andreotti défait rapidement les paquets qu'il avait apportés avec lui et, en extrayant les plus petits, les noua autour de sa taille, jetant le reste de leur contenu.

Ils sautèrent à l'eau et commencèrent à nager. Ils étaient à mi-chemin quand le sang de Karl et Helmut s'est glacé. Andreotti venait de pousser un cri, un cri désespéré, mélange de peur, de douleur et d'angoisse. Karl se retourna rapidement et vit un instant le visage de l'agent allemand se tordre en une grimace hideuse, avant qu'il ne disparaisse sous l'eau.

"Les requins! ", a déclaré Karl, et a immédiatement commencé à nager de toutes ses forces, à la suite d'Helmut, qui battait tous les records du monde à l'époque.

Ils parcoururent environ trois cents mètres sans être attaqués par aucun requin, et Karl devina que celui qui avait déchiqueté Andreotti devait être un spécimen isolé. Mais ils n'ont pas ralenti pour cela.

« Ils nous ont vus, ils nous ont vus ! «Helmut a crié quelques minutes plus tard. Ils viennent par ici.

Peu de temps après, les deux amis, aidés des deux marins, montent à bord du bateau à moteur complètement épuisés.

Comme le « Graf Spee » ne les attendait que la nuit suivante, ils passèrent le reste de la journée et l'autre à naviguer autour de l'endroit indiqué par Langsdorff pour le rendez-vous, au grand désespoir d'Helmut, qui avait alors donné un bon compte de la bouteille de sherry.

Enfin, ils aperçurent au loin une lumière qui grandissait à mesure qu'elle s'approchait, et bientôt ils furent sur le pont du cuirassé, face à Langsdorff, qui leur serra chaleureusement la main en guise de bienvenue.

Ils racontèrent en quelques mots tout ce qui leur était arrivé depuis qu'ils avaient quitté le Graf Spee, Karl taisant prudemment Jenny. Ils ont également informé le capitaine de la mort d'Andreotti et de ses circonstances et l'ont informé de la présence rapide dans ces eaux d'une puissante formation navale anglaise composée du croiseur « Renown », du porte-avions « Ark Royal », avec soixante avions, et quatre destructeurs. Karl a également transmis l'avis de l'agent allemand que le plus approprié serait de se rendre dans l'océan Indien, où l'Angleterre ne disposait pas d'unités puissantes, ainsi que la présence dans les eaux latino-américaines d'une escadre composée des croiseurs «Cumberland », « Exeter », « Ajax » et « Achille ». Langsdorff les félicita sincèrement de l'heureux succès de son entreprise,

CHAPITRE XIV
PERSÉCUTÉ

Le 14 novembre, le corsaire allemand naviguait déjà dans le canal du Mozambique. Il avait réussi à franchir sans encombre la pointe du cap de Bonne-Espérance, malgré la surveillance étroite que les Anglais établissaient dans cette zone avec des navires de petit tonnage.

Le lendemain, un navire à petit déplacement, le "Africa Shell", a été aperçu, touché par une torpille et a rapidement coulé.

Le vice-amiral Wells apprit le naufrage du « Africa Shell », exactement le 18, et se dirigea rapidement avec force « K » vers le méridien du Cap dans le but d'intercepter le retour du « Graf Spee » vers l'Atlantique, puisque le commandant anglais supposait que, puisque le navire corsaire devait bientôt entreprendre son retour en Allemagne, c'était la seule voie possible.

La surveillance de la force «K» était inutile. En raison du mauvais temps, l'avion n'a pas pu décoller et sans lui, il était presque impossible de trouver le cuirassé. Face à cela, Wells décide de se rendre au Cap afin de reposer les équipages de ses navires, mais quelques heures après avoir jeté l'ancre à la base anglaise, il reçoit la nouvelle du naufrage du "Dorio Star", un navire marchand de 1 086 tonnes., par le « Graf Spee », à trois cent milles, 270e de la frontière sud de l'Angola. Le corsaire était de retour dans l'Atlantique sans qu'ils aient pu rien faire pour l'en empêcher.

Wells se dirigea avec toutes ses unités vers un point équidistant de Capetown, Port Stanley et Rio de Janeiro, d'où il pouvait se précipiter là où se trouvait le "Graf Spee". Mais Langsdorff, soupçonnant la manœuvre de Wells, se dirige vers l'Atlantique Sud, malgré le danger de tomber sous les canons de la flotte sud-américaine, moins puissante que la Force « K », mais redoutable ennemie.

Ladite flotte sud-américaine, commandée par le commodore Harwood, se composait de quatre croiseurs : le Cumberland de 10 000 tonnes, avec huit canons de 208 millimètres, huit autres canons de 102 millimètres et huit tubes lance-torpilles de 533 millimètres. Elle a développé trente-deux nœuds de vitesse. L'"Exeter", de huit mille trois cent quatre-vingt-dix tonneaux, armé de six canons de 203 millimètres, de huit canons de 102 millimètres, de plusieurs canons antiaériens et de huit tubes lance-torpilles de 533 millimètres. Sa vitesse atteignait trente nœuds et demi, un peu plus que le Cumberland. L'«Ajax» déplaçait sept mille tonnes et était armé de seize canons, huit de 152 millimètres et huit de 102 millimètres, anti-aériens et huit tubes lance-torpilles de 533 millimètres. L'«Achille» avait les mêmes caractéristiques que le précédent.

Dans les premiers jours de décembre, le « Cumberland » était à Port Stanley, effectuant diverses réparations. Harwood n'avait donc que l'Exeter, l'Ajax et l'Achille, et était obligé de les tenir éloignés l'un de l'autre pour couvrir une vaste zone de plus de deux mille milles.

Le 3 décembre, le commodore apprend le naufrage du « Doric Star » par le « Graf Spee », censé se trouver dans l'océan Indien. La présence du corsaire dans les eaux de l'Atlantique a ensuite été confirmée par le paquebot hollandais «Mapia».

Harwood a deviné qu'après le naufrage du Doric Star, le cuirassé allemand changerait rapidement de position, se dirigeant soit vers le sud-ouest, soit vers le nord. Dans ce dernier cas, la force «K» lui barrerait la route ; mais s'il se dirigeait vers le sud-ouest, il devrait la rencontrer avec ses trois croiseurs sous le Graf Spee. Il est arrivé à la conclusion qu'il pourrait apparaître à l'aube du 12 décembre dans la région de Rio de Janeiro ; l'après-midi du douze ou le matin du treize, dans l'estuaire du Río de la Plata, ou l'après-midi du quatorze, dans les eaux de l'île Falkland. Où aller? Il a choisi à juste titre le point central, c'est-à-dire l'estuaire de la Plata, où le trafic maritime était considérable.

Dans un message radio, il donna à ses navires « Exeter » et « Achille » le point de rendez-vous pour le matin du 12,

Étudiant attentivement le problème, le commodore anglais est arrivé à la conclusion que si la rencontre avait lieu avant le dix-septième jour, il devrait affronter seul le «Graf Spee», car le douzième jour, la force «K» était encore très loin, environ quinze cents milles du point de rendez-vous. Doit-il simplement entrer en contact en attendant les canons du Renown et les avions de l'Ark Royal ? Mais un tel contact pouvait être perdu la nuit et, le jour, la visibilité devait être constamment hors de portée des canons du corsaire. De telles raisons lui firent renoncer au simple maintien du contact et se décider au combat, jouant habilement de la puissance d'artillerie de ses croiseurs avec leur division en trois groupes, et avec leur mobilité, supérieure à celle de son puissant adversaire.

* * *

Le 3 décembre, le «Graf Spee» a coulé le «Tairoa» au large de l'Afrique, se dirigeant alors vers l'Amérique pour deux raisons: premièrement, pour s'éloigner des endroits où il se trouvait, et deuxièmement, parce qu'après le naufrage du pétrolier « Ussukuma » par les Britanniques, le problème d'approvisionnement en carburant était devenu extrêmement difficile et la situation commençait à être désastreuse pour le corsaire allemand, qui épuisait rapidement ses derniers stocks. D'autre part, les Anglais, conscients que le vapeur « Tacoma », ancré dans le port de Montevideo, chargeait du gasoil et du ravitaillement pour le « Graf Spee », l'attendaient à la sortie de l'estuaire de la Plata.

Le septième, le cuirassé de poche a traqué les 3 895 tonnes «Stréonshalm», qu'il attaqua avec son artillerie de deux cent quatre-vingts livres, puis naviguant dans la direction de La Plata. Le 13, elle a vu de la fumée sur son bâbord, à la limite de l'horizon, et elle s'est dirigée vers eux pour les reconnaître.

CHAPITRE XV
LE SECRET DE KARL

Depuis son retour au Graf Spee, Helmut a pu voir un grand changement chez Karl. S'il n'était pas de service, il passait la majeure partie de la journée enfermé dans sa cabine ou arpentait le pont seul et pensif. Si quelqu'un lui parlait, il se bornait à répondre par des monosyllabes ou par de simples mouvements de tête. Helmut tenta en vain de faire réagir son ami et de le sortir du découragement qui l'envahissait. Il était vrai que Karl avait toujours été, ou du moins depuis qu'il le connaissait, un peu excentrique, mais dernièrement son étrangeté s'était considérablement accentuée.

Une nuit, alors que le Graf Spee naviguait vers l'Amérique, Helmut sortit sur le pont avec l'intention de marcher un peu avant d'aller se coucher. Le ciel était clair et la lune, dans toute sa splendeur, se reflétait dans la mer légèrement ondulée. Une brise agréable soufflait, dont Helmut remplissait ses poumons. Il s'est penché sur la rampe en allumant une cigarette.

Cinq minutes ne s'étaient pas écoulées, lorsqu'une ombre qui surgit de l'obscurité s'approcha de lui.

"Bonjour Helmut !

"Bonsoir, Karl" salua-t-il.

« Tu n'as pas pu dormir, hein ?

"Non. Il fait trop chaud.

Les deux hommes fumèrent longtemps en silence. Enfin Karl, jetant sa cigarette dans l'eau, se tourna vers son ami.

"Cela devient moche", a-t-il dit. Nous aurions dû être de retour maintenant et nous sommes toujours au milieu de l'Atlantique harcelés de toutes parts et sans savoir avec certitude où nous allons.

"Je fais confiance à Langsdorff", lui assura calmement Helmut. Il saura nous sortir du pétrin.

« Langsdorff n'est pas infaillible. Sans nourriture ni carburant, même lui ne peut rien faire. Le gasoil s'épuise parfois et les obusiers et les torpilles sont rares. Wells et Harwood se rapprochent de nous et ils ne tarderont pas à nous traquer. Il me semble que le Graf Spee ne reviendra jamais en Allemagne.

"C'est une vision très pessimiste de la situation", a déclaré Helmut, bien qu'il pense également comme son ami.

Karl alluma une autre cigarette et, après avoir tiré une bouffée, dit :

"Je ne sais pas exactement ce qui va se passer, mais au cas où les choses tourneraient mal et que je ne puisse pas retourner en Allemagne, je veux que vous écoutiez attentivement une histoire que vous répéterez à Naty comme je vais la raconter. à toi. Alors supplie-le de me pardonner.

Helmut se décida à ne pas manquer une syllabe de ce qu'il allait entendre. Il connaîtrait enfin le secret que Karl avait si jalousement gardé pendant si longtemps.

« J'ai « commencé son ami », j'ai tué le père de Naty.

Il y eut un profond silence qui fut finalement rompu par un rire d'Helmut.

« Mais quelle bêtise dis-tu ? Le père de Naty a été déchiqueté par une mine qui a explosé lors du chargement du "Staal".

"Exactement", a confirmé Karl. Je n'étais pas l'auteur matériel, c'est vrai ; mais cette mine n'était pas destinée à causer la mort du lieutenant Müller, mais la mienne.

« Je ne vous comprends pas, dit Helmut.

"Maintenant tu vas me comprendre. Lorsque j'ai été affecté au "Staal" juste après avoir quitté l'Académie, j'ai rencontré un lieutenant sur ce navire, le père de Naty, et nous sommes immédiatement devenus de bons amis, bien qu'il soit beaucoup plus âgé que moi. Müller ne venait pas de l'Académie, mais il avait obtenu son diplôme après de longues années de service dans la Marine. Il manquait peut-être de connaissances théoriques, mais en termes de pratique, il en donnait cent neuf à n'importe quel officier des promotions en cours. De lui, j'ai appris la plupart des connaissances que j'ai, et cela l'a beaucoup amusé de voir comment calculer un angle de tir simple, je me suis entraîné dans des opérations mathématiques compliquées qu'il jugeait totalement inutiles. C'était une excellente personne et du capitaine au dernier marin, il était apprécié et respecté. Il y a de nombreuses années, il avait épousé une fille, je fais référence à la mère de Naty, qui peu de temps après est entrée en possession d'une grande fortune en raison de la mort de son père. Malgré les souhaits de sa femme, Müller ne veut pas quitter la Marine, d'abord parce qu'il ressent une véritable vocation envers elle et ensuite parce qu'il ne lui paraît pas décent de vivre aux dépens d'argent qui ne lui appartient pas. Peut-être que son jugement était quelque peu exagéré, mais il est resté ferme dans sa décision.

s'arrêtant dans autant de bars et de cafés que possible, et le résultat était que quand il était temps de retourner au «Staal» pour prendre son service, j'étais complètement ivre. Le père de Naty a essayé de me ranimer et de me convaincre de partir, car ne pas faire mon travail pouvait me causer de graves préjudices, mais j'ai insisté, complètement dominé par les vapeurs d'alcool, pour rester avec eux. Je me souviens que j'ai insulté le père de Naty et lui ai dit que je ferais ce que je voulais. Lui, prenant en charge mon état, et pour que mon absence ne soit pas remarquée, m'a remplacé. Une heure plus tard, une mine défectueuse explose alors qu'elle est chargée sur le Staal, tuant quatre hommes, trois marins et le lieutenant Müller. car ne pas faire mon travail pouvait me causer de graves préjudices, mais j'ai insisté, complètement dominé par les vapeurs d'alcool, pour rester avec eux. Je me souviens que j'ai insulté le père de Naty et lui ai dit que je ferais ce que je voulais. Lui, prenant en charge mon état, et pour que mon absence ne soit pas remarquée, m'a remplacé. Une heure plus tard, une mine défectueuse explose alors qu'elle est chargée sur le Staal, tuant quatre hommes, trois marins et le lieutenant Müller. car ne pas faire mon travail pouvait me causer de graves préjudices, mais j'ai insisté, complètement dominé par les vapeurs d'alcool, pour rester avec eux. Je me souviens que j'ai insulté le père de Naty et lui ai dit que je ferais ce que je voulais. Lui, prenant en charge mon état, et pour que mon absence ne soit pas remarquée, m'a remplacé. Une heure plus tard, une mine défectueuse explose alors qu'elle est chargée sur le Staal, tuant quatre hommes, trois marins et le lieutenant Müller.

Karl se tut. Helmut le regarda à bout de souffle, une grimace stupéfaite sur le visage.

"Depuis," continua Karl, "je n'ai pas pu me débarrasser de l'horrible obsession que j'étais à blâmer pour sa mort, que je l'ai tué. Celui qui jusque-là avait été mon meilleur compagnon, il était mort horriblement à cause de mon comportement innommable. Le capitaine du «Staal» n'a pas su au moment de la substitution effectuée et les autres officiers qui étaient dans le secret, sont restés silencieux. Mais je n'ai pas pu supporter cette situation pendant longtemps et un beau jour je suis allé voir la mère de Naty et je lui ai tout raconté. Je n'oublierai jamais l'effort qu'il m'a fallu pour finir mon histoire. Mme Müller a écouté attentivement la fin sans exprimer aucune rancœur ni émotion. Seule une profonde tristesse s'y est reflétée. sur son visage. Quand j'ai fini, elle m'a dit :

« Mon fils, je ne pense pas que tu sois plus coupable que les autres. Harold m'avait plusieurs fois parlé de vous. Il savait que vous étiez de bons amis et je sais que votre comportement aurait été identique au sien dans des circonstances opposées.

« Il m'a semblé » dit Karl poursuivant son récit « que le poids d'une montagne avait disparu de mes épaules, que je revenais à la vie. Mais ensuite Mme Müller a voulu que je rencontre sa fille, la fille de mon ami, et, ironie du sort, je suis tombé follement amoureux de Naty et elle de moi. Sa mère m'a demandé de ne jamais dire la vérité à sa fille, car, comme elle le croyait, il serait plus difficile pour Naty de me pardonner et de comprendre, ce dont elle était sûre, que mon comportement n'était pas la cause de la mort de son père. . Quelques jours passèrent, et dégoûté de ma lâcheté, je me présentai devant le capitaine du « Staal » et lui racontai tout aussi. J'ai été traduit en cour martiale, mais peu de temps après, je ne sais toujours pas pourquoi, la procédure a été classée et j'ai été réintégré dans mon poste. Depuis, j'ai essayé plusieurs fois de m'éloigner de Naty, mais je n'ai pas pu le faire; Je l'aime trop. À d'innombrables reprises, j'ai été tenté de lui dire la vérité sur ce qui s'était passé, mais la peur de la perdre m'en a empêché. Je ne veux pas continuer cette farce, et je suis déterminé que vous le sachiez et que vous me jugez comme bon vous semble. Je ne pourrais pas vivre à ses côtés avec un tel secret entre nous. Mais. "Karl regarda Helmut", au cas où le pire arriverait et que je ne puisse pas retourner en Allemagne, promets-moi que tu lui diras tout comme je t'ai dit. Je ne vis pas à ses côtés avec un secret comme celui-là entre nous. Mais. "Karl regarda Helmut", au cas où le pire arriverait et que je ne puisse pas retourner en Allemagne, promets-moi que tu lui diras tout comme je t'ai dit. Je ne vis pas à ses côtés avec un secret comme celui-là entre nous. Mais. "Karl regarda Helmut", au cas où le pire arriverait et que je ne puisse pas retourner en Allemagne, promets-moi que tu lui diras tout comme je t'ai dit.

« Tu as ma parole, Karl », dit seulement Helmut.

CHAPITRE XVI
BATAILLE DU RIO DE LA PLATA

Aux premières heures du 13 décembre, la division Harwood était à deux cents milles du 110e du Rio Grande do Sul. Le temps était bon, le ciel clair, la visibilité excellente, une brise fraîche du sud-est et la mer légèrement en retrait dans la même direction. A six heures quinze minutes, les services «Ajax» signalent une fumée en retard 320º. Tous les jumeaux se sont retournés et l'Exeter a reçu l'ordre de reconnaître le signal de fumée. Le commandant dudit navire informa le commandant de la flotte, le commodore Harwood, qui se trouvait dans l'«Ajax», que les caractéristiques du vapeur étaient celles d'un cuirassé de poche. Elle ne pouvait être que «l'Amiral Graf Spee», le redoutable corsaire recherché avec insistance depuis tant de mois. La grande masse s'approchait à une vitesse considérable et les Anglais manœuvraient en se divisant en deux bandes. L'"Exeter" a mis sa barre à bâbord pour présenter son flanc tribord au cuirassé. De son côté le « Graf Spee » naviguait au 125° et quatorze nœuds lorsqu'il reconnut la division anglaise à 19 000 mètres.

Langsdorff ordonna d'appeler aux postes d'action et en quelques secondes le navire corsaire prit une vie inhabituelle. Les hommes couraient dans tous les sens pour prendre leurs positions correspondantes. Les officiers ont réparti les marins aux endroits appropriés et les canons des trois tours ont commencé à tourner lentement. Le commandant du cuirassé, réalisant que la fuite était totalement impossible, puisque les croiseurs ennemis dépassaient le «Graf Spee» en vitesse, se prépara à livrer bataille aux trois navires anglais en même temps, combattant des deux côtés. Le vent était favorable pour souffler la fumée des tirs et la visibilité était magnifique. Langsdorff a attribué une tourelle de 280 millimètres à l'"Exeter", une autre à l'"Ajax" et les quatre canons de 150 millimètres à l'"Achille".

Quatre minutes après l'observation, à 16h18, le « Graf Spee » ouvre le feu sur l'« Exeter » et l'« Ajax » avec des canons de 280 millimètres, à une distance de 18 500 mètres. A 6h20 l'«Exeter» l'a fait, à 6h21 l'«Ajax» et à 6h23 l'«Achille». Le commandant du cuirassé allemand réalisa aussitôt la manœuvre ennemie, qui visait à l'attraper entre deux bandes, et ordonna de concentrer tous les tirs sur l'«Exeter» pour l'achever. La distance avait été réduite à 16 500 mètres et le tir allemand était parfait. La première salve a été courte, la deuxième longue et la troisième a bifurqué le navire. L'«Exeter» recevait une véritable pluie d'éclats d'obus qui diminuait parfois sa capacité de combat. A 6 h 23, un pic de 280 millimètres a tué tous les serviteurs de l'assemblage du tube lance-torpilles, il a endommagé les transmissions et criblé les cheminées et tout le pont. A 6h24, la tour B a reçu un coup centré, la laissant hors de combat, elle a balayé le pont et seuls le commandant du navire et deux marins sont indemnes. Un autre coup détruisit le gouvernail et les transmissions du poste de commandement arrière et une seule tour répondit au feu du corsaire allemand. Le capitaine n'avait d'autre recours que de monter sur le pont et de diriger à la main depuis le panneau de gouverne les ordres aux moteurs, à l'artillerie et aux tubes. À 6 h 26, deux autres coups à la proue ont causé d'autres dégâts, des incendies et de nombreuses victimes. En à peine trois minutes, le "Graf Spee" avait désactivé le "Exeter" avec un tir rapide, gardant le "Ajax" et le "Achilles" loin d'elle avec ses canons de 150 millimètres. Mais à 6h30, Langsdorff ordonna d'allumer les canons du 280 sur "Ajax" et le cuirassé de se rapprocher du croiseur léger pour le détruire. Jusque-là, elle et son jumeau, l'« Achille » avait utilisé seize canons de 152 millimètres pour seulement quatre canons de 150 millimètres, le « Graf Spee » ; pour cette raison, le commandant allemand fit en sorte qu'une tour du 280 leur soit dédiée. La manœuvre du cuirassé plaça l'« Exeter » dans la zone de lancement, dont profita le capitaine anglais en tirant trois torpilles qui n'atteignirent pas leur objectif, puisque ce Langsdorff, caché derrière un écran de fumée, les esquiva facilement.

Le «Exeter» a reçu deux nouveaux succès peu de temps après. La première tour A détruite et la seconde a traversé le navire, provoquant de grands incendies à l'intérieur. À ce moment-là, le croiseur anglais avait les deux tours d'étrave hors de combat. Toutes les transmissions, mutilées. Les répétiteurs de l'aiguille gyroscopique, endommagés. Certains compartiments étanches, inondés. Diverses sources d'incendie. Toutes les torpilles tirées et de nombreux morts et blessés. Il ne lui restait plus que les deux canons arrière de 203 millimètres, mais son efficacité était presque nulle. L'incendie a forcé les réserves à être inondées et le feu à être suspendu. Enfin, «l'Exeter», englouti par les flammes, vire à bâbord et abandonne le combat, se dirigeant vers les Malouines, arrivant à Port Stanley le seize.

L'«Ajax» a alors catapulté un avion de reconnaissance à partir des deux «Seafox» qu'il emportait, puisque l'un d'eux a été détruit par des éclats d'obus du «Graf Spee». A 6h40, une frappe du 280 cause de gros dégâts à l'«Achille» et le capitaine est grièvement blessé. A partir de ce moment, le corsaire allemand se retire derrière plusieurs écrans de fumée poursuivis par les croiseurs légers anglais, plus rapides et dotés de seize canons de 152 millimètres, se dirigeant vers Montevideo. Les Anglais manœuvraient à distance par peur des 280 canons du Graf Spee, et il y eut le plus gros affrontement de tout le combat. L'«Ajax» bifurque aussitôt et à 7h24 il s'éloigne à toute allure en lançant quatre torpilles à bâbord. A 7h25 un tir du 280 met la tour X hors de combat de l'«Ajax» et s'empare du T, ne pouvant plus utiliser désormais que les deux tours d'étrave. L'avion de reconnaissance se rapproche du corsaire allemand, mais est rapidement chassé par des tirs d'artillerie anti-aérienne. Le «Graf Spee» se recouvrit à nouveau derrière un épais écran de fumée, lançant à 7h30 plusieurs torpilles que les croiseurs ennemis purent manœuvrer. Harwood a alors choisi de rompre le contact balistique et de s'éloigner le plus possible sans perdre de vue le cuirassé. Son intention était d'attendre l'arrivée de la nuit et, sous le couvert de l'obscurité, d'essayer de l'approcher et de le battre. Il venait à peine de lancer l'opération qu'une touche du 280 fit tomber le mât de hune de l'Ajax. A 7h50 la distance entre les croiseurs anglais et le «Graf Spee» dépasse les 20 000 mètres. mais fut rapidement chassé par les tirs d'artillerie anti-aérienne. Le «Graf Spee» se recouvrit à nouveau derrière un épais écran de fumée, lançant à 7h30 plusieurs torpilles que les croiseurs ennemis purent manœuvrer. Harwood a alors choisi de rompre le contact balistique et de s'éloigner le plus possible sans perdre de vue le cuirassé. Son intention était d'attendre l'arrivée de la nuit et, sous le couvert de l'obscurité, d'essayer de l'approcher et de le battre. Il venait à peine de lancer l'opération qu'une touche du 280 fit tomber le mât de hune de l'Ajax. A 7h50 la distance entre les croiseurs anglais et le «Graf Spee» dépasse les 20 000 mètres. mais fut rapidement chassé par les tirs d'artillerie anti-aérienne. Le «Graf Spee» se recouvrit à nouveau derrière un épais écran de fumée, lançant à 7h30 plusieurs torpilles que les croiseurs ennemis purent manœuvrer. Harwood a alors choisi de rompre le contact balistique et de s'éloigner le plus possible sans perdre de vue le cuirassé. Son intention était d'attendre l'arrivée de la nuit et, sous le couvert de l'obscurité, d'essayer de l'approcher et de le battre. Il venait à peine de lancer l'opération qu'une touche du 280 fit tomber le mât de hune de l'Ajax. A 7h50 la distance entre les croiseurs anglais et le «Graf Spee» dépasse les 20 000 mètres. Harwood a alors choisi de rompre le contact balistique et de s'éloigner le plus possible sans perdre de vue le cuirassé. Son intention était d'attendre l'arrivée de la nuit et, sous le couvert de l'obscurité, d'essayer de l'approcher et de le battre. Il venait à peine de lancer l'opération qu'une touche du 280 fit tomber le mât de hune de l'Ajax. A 7h50 la distance entre les croiseurs anglais et le «Graf Spee» dépasse les 20 000 mètres. Harwood a alors choisi de rompre le contact balistique et de s'éloigner le plus possible sans perdre de vue le cuirassé. Son intention était d'attendre l'arrivée de la nuit et, sous le couvert de l'obscurité, d'essayer de l'approcher et de le battre. Il venait à peine de lancer l'opération qu'une touche du 280 fit tomber le mât de hune de l'Ajax. A 7h50 la distance entre les croiseurs anglais et le «Graf Spee» dépasse les 20 000 mètres.

CHAPITRE XVII
EN DIRECTION DE MONTEVIDEO

A huit heures le 13, le «Graff Pee» filait à vingt-deux nœuds vers le Río de la Plata, poursuivi par les Anglais hors de portée des 280 canons. Le « Cumberland » était à Port Stanley et la force « K » naviguait vers Rio de Janeiro pour huiler et poursuivre le corsaire s'il entrait dans l'Atlantique. Le « Cumberland » reçoit alors l'ordre de rejoindre le gros de la flotte sud-américaine et navigue déjà à pleine vitesse vers le nord.

Bien que le "Graf Spee" n'ait subi aucun dommage majeur et que son artillerie, ses moteurs et sa direction générale aient parfaitement fonctionné, le carburant était rare et il lui restait des munitions pour trente minutes de combat. La nourriture se fait rare et quelques dégâts doivent être réparés, principalement dans les cuisines et les boulangeries, qui ont été détruites par le feu des croiseurs anglais. Dans de telles conditions, le « Graf Spee » ne pouvait rien faire d'autre que se rendre dans un port neutre et faire le plein, charger des vivres et réparer les avaries conformément aux règles du droit international.

Aux premières heures de la nuit, «l'Achille» s'approche du cuirassé à une distance de 19 000 mètres, mais deux salves, une courte et une concentrée, du «Graf Spee» le forcent à s'éloigner, émettant un écran de fumée. Langsdorff a ordonné que les coups soient tirés des canons de proue pour faire croire aux Anglais que les canons de poupe étaient hors d'usage. Le stratagème a fait son effet. Peu de temps après, l'« Ajax » et l'« Achilles » s'approchèrent à nouveau, battus à feu vif par les canons de poupe.

A onze heures du matin, un navire marchand anglais, le «Shakespeare», apparaît, mais le «Graf Spee» ne le coule pas, car Langsdorff n'a pas jugé bon de le faire sans sauver l'équipage. Le paquebot anglais fut donc sauvé grâce au noble comportement du commandant allemand. Celui-ci, cependant, a tenté d'utiliser cette rencontre pour augmenter la distance entre lui et ses poursuivants. Pour cela, il a envoyé un message aux croiseurs anglais dans lequel il a dit qu'ils récupéraient les naufragés du navire marchand. Mais la ruse n'a eu aucun effet.

A partir de ce moment, les Anglais transmettaient par radio toutes les demi-heures la situation et la route du corsaire, afin que les marchands qui se trouvaient sur leur chemin puissent s'éloigner à toute allure.

A 19 h 15, le « Graf Spee » tire deux salves sur « l'Ajax », à 24 000 mètres, d'une précision extraordinaire, obligeant le croiseur à s'éloigner rapidement.

L'estuaire de La Plata a trois entrées. L'une au nord, entre la côte uruguayenne et la rive anglaise. Une autre au centre, entre la rive anglaise et la rive Ramen, et une troisième au sud, entre celle-ci et le cap San Antonio. La seconde mesure dix-sept milles de long et celle du sud, quarante. Harwood craignait que Langsdorff ne fasse semblant de se diriger vers Montevideo et de s'échapper en haute mer par une autre sortie. Il fit attendre « Achille » à la sortie Nord et il se dirigea vers la Centrale. Le Sud était laissé sans surveillance, car le Cumberland n'était pas encore arrivé. L'"Achille" suivait le cuirassé, silhouetté par la lune, et les distances diminuaient à mesure que l'obscurité augmentait. Le croiseur anglais s'est dirigé un peu vers le NW, pour amener la ligne de relèvement au «Graf Spee» à coïncider avec l'azimut du soleil. A 20: Le 55, le navire allemand tire sur «l'Achille», causant des dommages et l'obligeant à se cacher derrière un écran de fumée. Mais le croiseur anglais avait également eu le temps de tirer, répondant aux tirs allemands, et ses coups atterrirent près de la tour de proue du cuirassé, sans causer de dégâts matériels importants, mais causant quelques morts et de nombreux blessés. Parmi ceux-ci se trouvaient Karl et Helmut. Le premier s'est effondré avec un éclat d'obus enfoncé dans la tête et le second a été projeté contre une plaque d'acier, lui cassant la jambe. Karl, qui gisait dans une mare de sang, a été immédiatement récupéré et emmené à l'infirmerie du navire, révélant une blessure très proche de son œil gauche, à côté de sa tempe. Helmut avait le fémur de sa jambe droite ébréché à plusieurs endroits et plusieurs blessures mineures. Mais le croiseur anglais avait également eu le temps de tirer, répondant aux tirs allemands, et ses coups atterrirent près de la tour de proue du cuirassé, sans causer de dégâts matériels importants, mais causant quelques morts et de nombreux blessés. Parmi ceux-ci se trouvaient Karl et Helmut. Le premier s'est effondré avec un éclat d'obus enfoncé dans la tête et le second a été projeté contre une plaque d'acier, lui cassant la jambe. Karl, qui gisait dans une mare de sang, a été immédiatement récupéré et emmené à l'infirmerie du navire, révélant une blessure très proche de son œil gauche, à côté de sa tempe. Helmut avait le fémur de sa jambe droite ébréché à plusieurs endroits et plusieurs blessures mineures. Mais le croiseur anglais avait également eu le temps de tirer, répondant aux tirs allemands, et ses coups atterrirent près de la tour de proue du cuirassé, sans causer de dégâts matériels importants, mais causant quelques morts et de nombreux blessés. Parmi ceux-ci se trouvaient Karl et Helmut. Le premier s'est effondré avec un éclat d'obus enfoncé dans la tête et le second a été projeté contre une plaque d'acier, lui cassant la jambe. Karl, qui gisait dans une mare de sang, a été immédiatement récupéré et emmené à l'infirmerie du navire, révélant une blessure très proche de son œil gauche, à côté de sa tempe. Helmut avait le fémur de sa jambe droite ébréché à plusieurs endroits et plusieurs blessures mineures. Parmi ceux-ci se trouvaient Karl et Helmut. Le premier s'est effondré avec un éclat d'obus enfoncé dans la tête et le second a été projeté contre une plaque d'acier, lui cassant la jambe. Karl, qui gisait dans une mare de sang, a été immédiatement récupéré et emmené à l'infirmerie du navire, révélant une blessure très proche de son œil gauche, à côté de sa tempe. Helmut avait le fémur de sa jambe droite ébréché à plusieurs endroits et plusieurs blessures mineures. Parmi ceux-ci se trouvaient Karl et Helmut. Le premier s'est effondré avec un éclat d'obus enfoncé dans la tête et le second a été projeté contre une plaque d'acier, lui cassant la jambe. Karl, qui gisait dans une mare de sang, a été immédiatement récupéré et emmené à l'infirmerie du navire, révélant une blessure très proche de son œil gauche, à côté de sa tempe. Helmut avait le fémur de sa jambe droite ébréché à plusieurs endroits et plusieurs blessures mineures.

Pendant ce temps, le corsaire s'était approché à sept milles de l'entrée du port de Montevideo, se détachant sur les lumières de la ville. Peu de temps après, il a jeté l'ancre sur les quais de la capitale de l'Uruguay et à 23 heures, la poursuite a cessé.

Comme les Anglais ne savaient pas quand le «Graf Spee» quitterait le port de Montevideo et qu'il était même possible qu'il essaie de le faire la nuit même, ils ont choisi de ne pas rester aux débouchés du Río de la Plata, puisqu'ils se découpaient sur le ciel, se dirigeant vers la mer à la recherche du « Cumberland », arrivé à vingt heures le 14 décembre.

Lorsque le « Graf Spee » eut jeté l'ancre, Langsdorff organisa le débarquement des blessés, les logeant dans un hôpital que le gouvernement uruguayen mit à leur disposition. Parmi eux se trouvaient Karl et Helmut.

Les blessures d'Helmut, malgré leur caractère ostentatoire, n'étaient pas graves. Seul le fémur cassé a donné du travail, mais à la fin les os ont été remis à sa place, et sa jambe et une partie de son corps ont été placées dans un plâtre. Karl était autre chose. Les éclats d'obus avaient touché divers tissus importants, produisant également d'abondantes déchirures. Au début, personne n'espérait le sauver, mais peu à peu les espoirs grandirent, jusqu'au jour où le médecin qui le soignait le déclara hors de danger. Son amie, qui était dans un lit à côté du sien et se souciait plus des blessures de Karl que des siennes, ne pouvait cacher sa joie.

« C'est un ami à toi ? lui a demandé un jour le médecin.

"Oui.

« Connaissez-vous sa famille ?

« Il en manque.

« Dans ce cas, continua le médecin, c'est à vous de lui annoncer une mauvaise nouvelle. Votre ami sera complètement aveugle.

Helmut sentit son corps se remplir de sueurs froides. Les yeux terriblement dilatés et la bouche entrouverte, il regarda le médecin comme s'il n'avait pas bien compris ce qu'il voulait lui dire.

« Dans quelques jours, dit le médecin, j'enlèverai le pansement qui lui couvre le visage. Au début, il pourra sûrement encore voir quelque chose, mais bientôt, avant soixante jours, il perdra la vue pour toujours. Désolé. Ce ne sera pas gentil de lui dire.

Lorsque le médecin quitta la pièce, Helmut se pencha en arrière sur l'oreiller et fixa le plafond de la pièce. Mille pensées folles se pressaient en désordre dans son imagination.

CHAPITRE XVIII
LA FIN DE «GRAF SPEE»

Langsdorff demande et obtient l'autorisation des autorités uruguayennes pour que son navire puisse rester quinze jours, le temps qu'il juge nécessaire pour approvisionner et réparer le cuirassé, dans le port de Montevideo. Mais ensuite, sous la pression sans doute anglaise, une commission de techniciens a été nommée qui a statué que les dommages au Graf Spee pouvaient être réparés dans les soixante-douze heures.

Lors de l'émission d'un tel avis, les dommages que le cuirassé avait subis dans les cuisines et les boulangeries, dont un équipage d'un millier d'hommes devait être nourri, n'étaient évidemment pas pris en compte. Si la convention internationale de La Haye prescrit que tout navire de guerre qui mouille dans un port neutre peut être approvisionné de ce qui est nécessaire à sa navigation, sans toutefois augmenter sa capacité de combat, et dans la limite de ce qu'un navire peut faire sans augmenter ladite capacité, il fournit du carburant qui lui permet d'atteindre un port de sa nation, évidemment dans les limites autorisées, il répare également les dommages survenus dans ses cuisines et ses boulangeries, sans l'opération desquelles l'équipage ne pourrait pas manger ou, par conséquent, le navire naviguer. Malgré les efforts déployés par la représentation allemande, rien n'a pu être obtenu, et le « Graf Spee » prêt à charger le pétrole nécessaire pour prendre la mer. Les travaux d'approvisionnement ont été interrompus à plusieurs reprises par les Britanniques, mais à la fin les travaux ont été achevés.

Langsdorff résolut de quitter Montevideo dans la nuit du 16 au 17, car ce n'est que la nuit que le Graf Spee avait une chance de s'échapper en déjouant les croiseurs anglais. Mais le commandant du cuirassé reçut une lettre des autorités portuaires l'informant que le navire ne pourrait pas repartir tant que le délai de vingt-quatre heures ne serait pas écoulé depuis le départ du navire marchand anglais «Dunster Gragueu», qui avait été prendre la mer à 18h15, conformément aux dispositions de l'article seize de l'accordXLIIde la Convention de La Haye. Cela a obligé Langsdorff à ne pas partir avant 18h15 le 17 ou après 20h00 le même jour, indiquant l'heure et la mesure pour quitter le port en plein jour. A l'extérieur, le « Cumberland », l'« Ajax », l'« Achille », la force « K » et le cuirassé français « Dunkerque », qui se trouvaient dans ces eaux, l'attendaient. Même en supposant que le Graf Spee réussisse à rompre le contact avec les navires de Harwood, les avions de l'Ark Royal la repéreraient rapidement, et le « Renom » et le « Dunkerque » l'achèveraient. Sortir dans de telles conditions signifiait la destruction du navire ou, tout au plus, éclipsait la facile victoire anglaise avec le naufrage d'un croiseur léger.

Puis la légation allemande à Buenos Aires s'arrangea pour que le « Graf Spee » puisse, à Buenos Aires même ou dans un autre port, réparer les avaries. Mais ces efforts ont échoué.

Comme l'internement du navire, en termes de sécurité personnelle, n'était pas du goût du Troisième Reich, il ordonna de faire sauter le cuirassé. Langsdorff reçut la commande, pâle comme neige. Il aurait sûrement préféré mourir en combattant l'ennemi, plutôt que de mettre fin aux pages glorieuses écrites par son navire en le coulant dans les eaux verdâtres de la Mar de La Plata. Mais comme son sens de la discipline ne lui permet pas de discuter des ordres supérieurs, il les accepte avec résignation et se prépare à les exécuter à la lettre. Il ordonna que cinq cents hommes soient transférés sur le « Tacoma », toujours ancré à Montevideo, et que le reste des blessés qui, en raison de leur nature légère, étaient restés à bord, soient débarqués. A 18h18 le « Graf Spee » décroche et quitte le port suivi du « Tacoma ». A quelques kilomètres de lui,

Une formidable explosion qui retentit dans l'espace comme un cri de douleur, secoua les marins allemands qui depuis le « Tacoma » contemplaient l'agonie du navire. Le cuirassé gît violemment sur tribord. Peu de temps après, une autre explosion fait exploser l'une des tours de 280 millimètres et « l'Admiral Graf Spee » coule à jamais sous les eaux de l'Atlantique. Langsdorff, les yeux humides, salua pour la dernière fois le navire avec lequel il avait accompli tant d'exploits sur l'Océan au service de son pays, et faisant demi-tour, il se dirigea en canot à moteur vers Montevideo.

* * *

Karl et Helmut étaient confortablement assis sur leur lit d'hôpital. Le premier s'était déjà fait enlever le bandeau et, comme le médecin l'a dit à Helmut, il voyait relativement bien.

"Je dois admettre que j'ai eu beaucoup de chance", a-t-il déclaré. "Si cet éclat d'obus m'avait touché deux centimètres plus loin, il m'aurait tué sur le coup.

« Oui, Karl, tu as eu de la chance », dit à son tour Helmut en regardant tristement son ami.

"Et comment vas-tu?

« Parfaitement ! » assura Helmut. « Le mien n'a pas d'importance.

"Je me sens comme un nuage devant mes yeux", a déclaré Karl en passant sa main sur son front. "C'est naturel, la blessure est grave et je me sens toujours mal à ce sujet.

Son ami baissa les yeux vers le sol, puis, comme s'il faisait un grand effort, il dit :

"Salut Karl. Vous devez savoir une chose. « Helmut hésitait, les mots hésitaient à sortir et il ne savait pas comment aborder la question.

"Tu diras.

Helmut était sur le point de parler lorsqu'une infirmière entra, suivie de Langsdorff. Le capitaine allemand se dirigea vers les deux amis et leur tendit la main.

« J'ai déjà été informé que vous êtes très bien rétabli, ce dont je suis très heureux.

Ils parlèrent longtemps. Enfin Langsdorff se leva de la chaise qu'il occupait et, se tournant vers eux deux, il dit :

« Bientôt, vous serez rapatrié. Nos représentants en Uruguay ont tout arrangé pour que les blessés puissent être acheminés le plus tôt possible vers l'Allemagne. Là, ils finiront de guérir. « Puis, tendant à

Karl une enveloppe blanche, il poursuivit : « S'il vous plaît, rendez visite à ma famille, vous habitez à Berlin et votre adresse est sur l'enveloppe. épouse.

« Ne vous inquiétez pas, mon capitaine, je vais faire comme ça.

Langsdorff leur dit au revoir et se dirigea vers la porte. Il avait fait quelques pas quand il se retourna lentement et dit :

« Je suis très heureux de les avoir eu sous mes ordres. « Peu de temps après, il a quitté la pièce.

Le lendemain, Karl et Helmut ont découvert que Hans Langsdorff s'était suicidé en se tirant une balle dans la tempe. Guidé par une conception erronée de l'honneur, celui qui avait dirigé avec tant de succès le cuirassé allemand «Admiral Graf Spee» jusque-là ne voulait pas survivre à son navire. Sans compter que cela n'améliorerait rien, car, outre des raisons morales, le pays pourrait lui demander de plus grands services à l'avenir.

"Nous avons tous perdu avec sa mort", a déclaré Helmut, intensément affecté. "Langsdorff a perdu la vie, l'Allemagne un grand marin et nous un bon ami.

CHAPITRE XIX
RETOUR AU PAYS

La représentation allemande à Montevideo obtint bientôt l'autorisation du gouvernement uruguayen pour que les membres blessés de l'équipage du «Graf Spee» puissent être rapatriés en Allemagne. Ainsi, deux semaines après l'explosion du cuirassé par son équipage, cinquante hommes, dont Karl et Helmut, furent embarqués sur un paquebot argentin à destination de l'Europe.

Un matin, alors que les deux amis étaient sur le pont et regardaient le sillage que le navire laissait derrière lui, il sembla à Helmut que c'était le bon moment pour faire part à Karl de son grand malheur.

« Je suis heureux de pouvoir retourner en Allemagne », a-t-il dit, pour lancer la conversation en quelque sorte, « mais je suis désolé de quitter ces mers qui nous gardent tant de souvenirs.

"Il m'arrive la même chose" a assuré Karl "Je n'oublierai pas facilement tout cela.

« Vous souvenez-vous de Capetown et des épreuves que nous avons eues en fuyant les Anglais ?

« Oui, et de Jenny aussi. Elle m'a sauvé la vie au prix de la sienne. Je me souviendrai toujours d'elle.

"Hey, Karl," dit alors Helmut, prenant la conversation sur le terrain qu'il voulait. « Avez-vous encore remarqué une gêne dans vos yeux ?

"Très souvent, et de plus en plus", répondit son ami en essayant d'arracher un voile invisible à deux mains. « Dès que j'arriverai en Allemagne, j'irai voir un bon spécialiste ; Je commence à m'alarmer.

Helmut déglutit difficilement, ouvrit et ferma la bouche plusieurs fois, et réalisant finalement que tôt ou tard il devrait connaître la vérité, il se décida.

« Le jour où Langsdorff nous a rendu visite à l'hôpital, j'ai essayé de vous dire quelque chose que vous devez savoir, que vous devez savoir.

Son arrivée m'a interrompu, mais maintenant vous devez m'écouter. « Le visage d'Helmut était jaune, presque incolore, et ses paroles étaient incertaines et maladroites. Mais faisant un grand effort, il poursuivit : « La blessure que tu as reçue à la tête est bien plus grave que tu ne le penses, Karl.

« Sérieux, dis-tu ? Mais le médecin m'a assuré que ce n'était pas dangereux !

« Cela ne met pas votre vie en danger, c'est vrai ; mais les éclats d'obus ont touché vos nerfs optiques et avant deux mois... vous aurez perdu la vue. « Le front d'Helmut a glissé de grosses gouttes de sueur.

« Qu'est-ce que tu dis ? », demanda Karl, comme s'il n'avait pas tout à fait compris.

« Tu m'as parfaitement compris, Karl. Je suis désolé d'avoir dû vous annoncer une si mauvaise nouvelle, mais le médecin m'a recommandé de le faire à plusieurs reprises.

« Est-ce à dire que je ne reverrai jamais ? Qu'est-ce que je serai aveugle ?

"Malheureusement, ça l'est", dit Helmut en posant une main sur l'épaule de son ami.

Karl resta un instant immobile, comme une statue, regardant la mer. Il se retourna alors lentement et commença à marcher sans but, ne sachant pas exactement où il allait. Il s'arrêta alors, levant les mains vers son visage et, s'affalant sur un banc contre le mur, poussa un sanglot de désespoir.

* * *

Quelques jours plus tard, le navire mouille dans un port allemand et les blessés sont ramenés à terre et placés dans un hôpital militaire. Karl a reçu plusieurs distinctions. Helmut espérait toujours que le médecin uruguayen s'était trompé et que la vue de Karl pourrait encore être sauvée. Mais il a vite déchanté. Tous les spécialistes ont convenu que très bientôt il cesserait de différencier les objets et que sa vision serait bientôt totalement éteinte, c'est-à-dire qu'il serait complètement aveugle.

Karl a reçu le diagnostic avec une totale indifférence, ce que Helmut n'a pas aimé. Si son ami avait crié, ou s'était désespéré et même s'il avait pleuré, sa réaction aurait eu une explication logique et normale, mais ce silence déconcertant, cette indifférence totale à son malheur, lui faisait peur.

« Il faut savoir se résigner et essayer de se remonter le moral un peu. C'est sans espoir et rien ne peut être fait "je te le disais". Ce qui vous arrive est très douloureux et nous le comprenons tous. Mais n'oubliez pas que beaucoup ont perdu plus que vous. Souvenez-vous des compagnons qui gisent maintenant au fond de la mer et... souvenez-vous aussi de Jenny.

"Pauvre Jenny !" Karl s'exclama alors. « Comme ton sacrifice était inutile !

« Non, Karl, ce n'était pas inutile. Il te reste encore beaucoup de choses dans la vie, y compris Naty.

« Je ne veux plus la voir ! dit-il en se prenant la tête entre les mains.

"Mais elle ne sait pas que tu es là !" dit Helmut. « De toute façon, si tu ne vas pas la voir, j'irai lui dire tout.

"Non!" hurla Karl. "Non ne fais pas ça. J'irai, je te le promets, car après tout c'est nécessaire. Elle doit savoir beaucoup de choses et j'ai envie de me saturer de l'image d'elle maintenant que je peux encore la voir." Plus tard... tout me sera indifférent.

Quelques jours plus tard, les deux amis sont arrivés à Wilhelmshaven, revenant pour parcourir le même chemin qu'ils avaient suivi quelques mois auparavant. Ils voyageaient dans une voiture, la même "Mercedes" qu'ils avaient utilisée la dernière fois, mais cette fois Helmut était assis derrière le volant, et Karl, à côté de lui, regardait le paysage qui défilait rapidement, déjà un peu nuageux.

La voiture s'arrêta devant le manoir Müller, et Karl, se tournant vers son ami, dit :

« Tu restes ici, ça ira mieux.

Le son joyeux de la sonnette retentit dans toute la maison, et presque instantanément la porte s'ouvrit à la volée. La silhouette élancée de Naty apparut dans l'embrasure de la porte et, avec un cri de joie, elle se jeta dans les bras de Karl. La jeune fille, toujours pas remise de son étonnement, riait et pleurait en même temps, posant mille questions, la plupart incohérentes.

Ils entrèrent dans la maison et s'assirent près de la cheminée brûlante du salon. C'était l'hiver et il faisait extrêmement froid. Karl regarda les flammes qui dévoraient les bûches empilées sur le foyer, réalisant avec horreur que l'éclat du feu lui faisait à peine mal aux yeux.

Alors que les expressions de joie de Naty diminuaient, Karl, forçant la fille à lever la tête de son épaule, se leva.

« Où est ta mère ? », a-t-il demandé.

"Au dernier étage. Mais laissez-la maintenant. Je veux être seul avec toi, on l'appellera après elle.

« Naty » dit Karl, « tu m'as posé tellement de questions en peu de temps, que je ne sais pas laquelle répondre en premier. Mais avant tout, je veux que vous sachiez une chose. Pendant plusieurs années, je me suis désespérément battu avec moi-même pour vous faire savoir quelque chose que vous ne saviez pas, mais j'ai toujours manqué du courage nécessaire. A plusieurs reprises j'ai été tenté de m'éloigner de toi pour toujours, tourmenté par un secret trop terrible pour ma conscience, mais je n'ai pas pu, Naty. Cependant, maintenant je veux que vous sachiez la vérité, quelque chose qui vous horrifiera sûrement, mais que vous devriez savoir, car il me serait impossible de vivre à vos côtés si vous l'ignoriez plus longtemps. Alors jugez-moi comme bon vous semble.

Naty, entre intriguée et amusée, suivait les mouvements de Karl dans ses marches nerveuses autour de la pièce. Enfin, il s'arrêta et commença à parler. Son histoire s'est étendue du moment où il a rencontré Harold Müller sur le croiseur «Staal» jusqu'à la mort du père de Naty. Quand il eut fini, la jeune fille, le visage couvert, pleurait amèrement depuis longtemps.

Karl s'est approché d'elle et a essayé de lui prendre la main, mais Naty l'a tirée et, se levant, s'est éloignée de lui avec horreur.

« Et tu as dit que tu m'aimais ? » s'exclama-t-elle avec un visage brisé. « Et as-tu eu le courage de m'aborder avec des mensonges et des mensonges jusqu'à ce que tu me fasses tomber amoureux de toi ? De toi... de l'assassin de mon père !

Karl fit quelques pas en avant.

"Reste loin!" hurla la jeune fille hystériquement : « Vas-y, vas-y tout de suite, sors de cette maison, où tu n'aurais jamais dû entrer !

Il comprit que la résolution de Naty était inébranlable et qu'il l'avait perdue à jamais, mais il éprouva, au contraire, une paix et une sérénité comme il n'en avait pas ressenties depuis longtemps. Il alla à la porte, prit sa casquette de marin sur une chaise, et se tournant vers la jeune fille qui sanglotait encore dans un fauteuil, dit :

"Au revoir, Natty. Je ne te reverrai plus jamais.

« Je le souhaite », ajouta-t-elle alors que Karl ouvrait la porte qui donnait sur la rue.

Naty ne pouvait alors se douter avec quelle exactitude tragique ses souhaits seraient exaucés.

CHAPITRE XX
HELMUT FUME QUATRE CIGARETTES

Un certain temps s'est écoulé, pas mal de temps, depuis que Karl a quitté la maison Müller, et il n'a plus jamais entendu parler de Naty.

Helmut, pour sa part, remis de ses blessures, est affecté au cuirassé «Von Tirpitz», qu'il rejoint après une longue permission qui lui est accordée à son retour en Allemagne. Pas un seul instant il ne fut séparé de son ami, qu'il emmenait même avec lui lorsqu'il allait rendre visite à sa famille. Le père d'Helmut, à la demande de son fils, offrit à Karl un emploi dans les bureaux de son usine de soie artificielle, qu'il aurait pu exécuter relativement bien malgré sa cécité, qui était alors presque complète. Mais il la rejeta, car il comprit que la main qui lui était tendue était animée d'un sentiment de pitié. Il s'est excusé en disant qu'il voulait se reposer longtemps et que la pension qu'il a rapidement reçue de l'État lui permettait de vivre, sinon confortablement, du moins sans difficultés économiques.

Le congé d'Helmut a pris fin et il a rejoint sa nouvelle affectation. Karl a vécu quelque temps chez les parents de son ami, qui hésitaient à le laisser partir. Mais finalement il l'a fait, s'installant dans une modeste pension de famille à Nuremberg, selon ses moyens.

Pendant ce temps, Naty, qui ignorait le triste état de Karl, s'efforça de reléguer aux oubliettes tout ce qui le concernait, sans succès. Elle répétait encore et encore mentalement chacun des mots que le garçon avait utilisés pour raconter les événements survenus il y a plusieurs années et qui avaient coûté la vie à son père. Elle essayait de trouver une justification au comportement de Karl, quelque chose qui l'excuserait, ou du moins atténuerait sa faute, et en même temps la convaincrait que ce qui s'était passé n'était rien de plus qu'un hasard, un horrible hasard.

Mais avec cela, elle n'a rien obtenu d'autre que d'agrandir à ses yeux la culpabilité de l'homme qui a causé ce malheur.

Un jour que la jeune fille était assise sur un banc dans le jardin de sa maison, perdue dans ses pensées, sa mère s'approcha d'elle.

« Naty, dit-il, ça fait longtemps que je voulais te parler. Que s'est-il vraiment passé entre toi et Karl ?

Elle, qui lui avait donné une explication différente de l'authentique, ignorant que sa mère connaissait la vérité depuis longtemps, répondit :

"Maintenant, vous savez. Karl et moi ne nous sommes pas entendus. Notre façon d'être était très différente et, quand nous l'avons réalisé, d'un commun accord, nous avons décidé de nous séparer. C'est tout.

« Naty » continua Mme Müller, « je vous ai observé attentivement et je peux vous assurer que quelque chose ne va pas chez vous. Vous êtes constamment triste et déprimé et je vous ai vu pleurer de nombreuses fois. Quand je te parle, soit tu ne me réponds pas, soit tu as l'air de te réveiller d'un sommeil profond. Qu'est-ce que Karl t'a dit la dernière fois qu'il est venu te voir ?

« Rien, maman. Tu sais ce qui s'est passé, et...

« Karl t'a raconté quelque chose qui s'est passé il y a de nombreuses années, quand il servait sur le croiseur « Staal » avec ton père, n'est-ce pas ?

La jeune fille ne put réprimer un mouvement involontaire de surprise.

"Il n'a pas "faiblement assuré", il ne m'a rien dit à ce sujet.

Mme Müller s'assit à côté de Naty et prit ses mains dans les siennes.

« Ma fille, dit-elle, je pense que tu as jugé trop sévèrement la faute de Karl.

« Mais, maman, tu sais... ?

« Oui, ma fille, je sais. Je connais depuis longtemps. Karl lui-même m'a tout raconté quelques jours après que c'est arrivé.

« Mais comment a-t-il pu oser... ?

et il n'est pas juste de prétendre considérer Karl comme le responsable. En revanche, le comportement de Karl était-il pire en abusant de la boisson, ou celui des autres en l'autorisant ? Non, Naty, tu as jugé l'affaire d'un faux point de vue.

"Mais maman!" Alors la fille a dit. « Lui as-tu pardonné ?

"Oui, Natty. J'ai tout de suite pardonné sa petite faute. Karl a beaucoup souffert, et pendant toutes ces années, la mort de ton père a été une obsession continuelle pour lui. Il s'est toujours cru plus responsable de sa mort qu'il ne l'est réellement.

"S'il t'a tout dit, pourquoi me l'a-t-il caché ?" demanda Naty.

"Parce que je lui ai demandé de le faire", a déclaré Mme Müller en souriant. « Je savais que ce serait plus difficile pour toi de comprendre, mais apparemment il ne pouvait plus te le cacher. C'est une preuve de plus de sa noblesse et de son sincère repentir.

« Quelles conséquences cela a-t-il eu pour lui d'un point de vue carrière ? demanda la fille.

« Il a été traduit en cour martiale, car, malgré le silence de ses compagnons, il l'a signalé au capitaine du « Staal ». Cependant, j'ai réussi à faire rejeter la procédure et il a été réintégré dans son poste. Ton père l'aurait voulu ainsi.

Naty se jeta en pleurant dans les bras de sa mère.

« J'ai été stupide ! « Elle a dit entre deux sanglots. Maintenant je comprends tout, maintenant que je l'ai perdu pour toujours.

"Non, Naty, vous ne l'avez pas perdu", a nié Mme Müller. « Karl t'aime beaucoup, et si tu pars à sa recherche, tu finiras par te réconcilier.

Alors la fille l'a fait. Elle l'a longtemps cherché en vain dans toute l'Allemagne. Elle a rendu visite à ses anciens camarades de classe, mais aucun d'eux ne savait comment lui parler de Karl, personne ne savait où il se trouvait. Elle a parlé aux parents d'Helmut, puisqu'il était absent, et ils ne pouvaient pas non plus la guider. Dans les organismes officiels dont Karl recevait sa pension mensuelle, on lui a dit qu'elle était envoyée au lieutenant Helmut Berling, parce que l'intéressé l'avait arrangé, et qu'il la lui remettait. Ainsi passa une autre année sans que les espoirs de Naty ne diminuent.

Un jour que la jeune fille se promenait le long de l'Under der Linder en compagnie d'un ami, un groupe d'officiers de la Marine croisa son chemin et elle jeta les yeux distraitement un instant. Elle s'arrêta brusquement, car elle venait de reconnaître Helmut. Le garçon bavardait avec animation avec ses compagnons et ne la remarqua pas. Naty courut à sa rencontre en le prenant par le bras. Helmut se retourna rapidement et la dévisagea avec une expression froide.

"Bonjour, Naty !", a-t-il dit. Quelle surprise !

« Helmut », s'exclama-t-elle d'un ton suppliant. « Où est Karl ? J'ai besoin de le savoir.

« Tu m'étonnes, Naty ! », a-t-il assuré avec un sourire cynique. « Que veux-tu savoir sur Karl ?

"Je veux vous demander de me pardonner pour mon comportement insensé", a-t-elle déclaré. "Je n'aurais jamais pensé que je pourrais être aussi injuste avec lui !

« Et ça, Naty, tu ne pouvais pas le comprendre avant ? « Helmut a demandé. « Vous ne trouvez pas qu'il est déjà un peu tard ?

« Non, Helmut, il n'est pas trop tard, ce n'est pas possible ! J'aime Karl plus que jamais et je suis sûr qu'il m'aime aussi et qu'il saura me pardonner. Quand j'ai appris la vérité, je ne pouvais pas réagir autrement, mais depuis, j'ai eu le temps de réfléchir lentement et...

"Hey, Naty" dit Helmut, adoucissant le ton de ses mots. "Personne ne peut vous en vouloir et moi non plus. Il était difficile de deviner qu'une telle chose aurait pu se produire, et votre réaction était en partie naturelle et logique. De ce côté, rien ne s'oppose à ce que vous retourniez vers Karl, puisqu'il n'a jamais tenu compte de votre comportement. Mais il y a autre chose, Karl n'est plus le même qu'avant.

"Cela n'a pas d'importance. Je le ferai redevenir celui que vous et moi connaissions.

"Il est aveugle, Naty.

« Cela n'a pas d'importance non plus. Je suis convaincu qu'il comprendra que je...

« Non, Naty » interrompit Helmut, avec un sourire amer. « Je ne parle pas de ce genre d'aveuglement, mais d'un tout autre. Karl est aveugle au sens le plus littéral du terme, il ne peut pas voir, tu comprends ?

Une terrible convulsion parcourut le corps de la jeune fille. Comme si elle ne comprenait pas ce qu'Helmut voulait dire, elle leva lentement une main pour se poser sur sa joue droite. Ses yeux perdus fixaient sans voir.

« Aveugle ? » murmura-t-elle.

"Je suis désolé d'avoir dû te causer cette douleur" dit Helmut en saisissant Naty par un bras, car il craignait qu'à tout moment elle ne s'effondre au sol. « Un éclat d'obus anglais s'est incrusté dans sa tête, à côté de sa tempe, engageant ses nerfs optiques. Quand il est allé vous voir, il a encore vu quelque chose, un peu, mais il ne lui a pas été possible de distinguer les objets et certains de leurs détails. Il m'a dit qu'il voulait te graver dans son imagination avant...

Naty, une femme amoureuse après tout, ne savait comment réagir à sa douleur que par des larmes, bien que dans ce cas justifiées en partie, et entre les sanglots elle cacha son visage contre la poitrine d'Helmut, qui, effrayé, ne savait de quel côté Prendre parti.

* * *

Karl s'était installé, selon ses moyens, dans une modeste pension de famille à Nuremberg. À l'exception d'Helmut, personne n'avait été mis au courant de sa résidence. Il n'abandonnait pas et espérait pouvoir accommoder sa vie aux nouvelles conditions que le destin lui avait données, mais tant qu'il ne s'habituait pas un peu à sa nouvelle existence, il préférait rester à l'écart de tout ce qui concernait son passé. était lié.

Son intention première était d'essayer d'oublier ce qui restait et de s'habituer à l'idée qu'une nouvelle vie commençait pour lui, à laquelle il devait s'adapter jusqu'à ce qu'il puisse se débrouiller avec une relative aisance. Mais s'il obtenait lentement le dernier, il n'était pas possible, au contraire, d'effacer les souvenirs de son existence antérieure. Au cours de ses longues promenades autour de Nuremberg, qu'il connaissait déjà par cœur, et pendant les nuits où il restait éveillé pendant de longues heures, une longue série d'images familières étaient citées dans mon imagination, donnant vie à des épisodes passés, dans lesquels il avait joué un rôle principal. Au début, ces souvenirs le gênaient et il tenta de les repousser, mais bientôt il se rendit compte que son évocation était la seule source d'où jaillissaient les moments les plus agréables de ce monde intérieur dans lequel il était enfermé. D'innombrables fois, il a revécu l'odyssée du "Graf Spee" depuis qu'il a quitté les terres de sa patrie, jusqu'à ce qu'il disparaisse avalé par les vagues de l'Atlantique, traversant chacune des vicissitudes qu'il a dû traverser au cours de son long voyage . Helmut et les autres compagnons du cuirassé corsaire, son commandant, l'infortuné capitaine de vaisseau Hans Langsdorff, et Naty, qui ne pouvait oublier un seul instant, occupaient une place préférentielle dans ses souvenirs, laissant également une place préférentielle à Jenny, la belle fille qui voulait sacrifier sa vie pour sauver celle de Karl.

Un jour qu'il se promenait dans un petit jardin que la pension où il séjournait avait à l'arrière, on lui a dit qu'un lieutenant de la marine voulait le voir. Il devina aussitôt de qui il s'agissait et, avec une grande joie, ordonna d'amener le visiteur là où il se trouvait.

Peu de temps après, Helmut serra son ami dans ses bras et il put à peine contenir son émotion. Ils s'assirent sur un banc de bois, tandis que, quelques pas en arrière, Naty regardait Karl à travers les larmes qui couvraient ses yeux.

« Comme je suis content de vous revoir ! dit Helmut à son ami. « Tu dois me dire beaucoup de choses. Comment répartissez-vous le temps ? Qu'utilisez vous pour ça?

Karl lui a donné un bref résumé de ses activités, détaillant comment il s'habituait lentement à sa nouvelle vie.

« Et vous ? Comment votre destin actuel vous teste-t-il ?

« Très bien, Karl. Ah, le « Tirpitz » ! Quel navire ! Si Langsdorff l'avait eu à la place du «Graf Spee», il aurait pu se moquer de la force «K» et de toute la division de l'Amérique du Sud. « Puis, changeant le ton de sa voix, il demanda : « Ne crois-tu pas, Karl, que tu vis ici très seul ? Pourquoi tenez-vous à vous éloigner du monde dans lequel vous avez toujours vécu et de tous ceux qui vous apprécient ?

« C'est mieux comme ça », dit Karl. Dans ce monde auquel vous vous référez, il n'y a plus de place pour moi. Je ne suis qu'un pauvre inutile, une entrave...

"Tu te trompes, Karl" nia son ami. "Vous ne serez un obstacle que dans la mesure où vous le souhaitez. C'est une erreur de croire qu'une simple blessure physique, aussi agaçante soit-elle, puisse mettre fin à toute une vie. Vous avez laissé beaucoup de choses derrière vous et vous n'avez pas besoin de vivre le reste de votre existence uniquement sur des souvenirs, vous avez encore de vraies choses à portée de main.

"Non, Helmut. Il vaut mieux laisser les choses telles qu'elles sont. Je m'habitue à l'idée que tout a été un cauchemar et que la seule réalité est celle-ci. Il est vrai qu'à de nombreuses reprises je ne peux pas éviter de me souvenir du passé, principalement certains de ses aspects, et je n'aime pas le revivre, mais je ne sais toujours pas si celui qui réussit à sauver un peu de mémoire ou celui qui les perd tous est plus heureux.

Naty avait suivi la conversation entre les deux hommes en retenant son souffle et une grande angoisse se reflétait sur son visage. Helmut se leva et, posant une main sur l'épaule de son ami, dit :

« Maintenant que je me souviens : je dois payer le taxi, qui doit encore attendre à la porte. Je reviens tout de suite. « D'un pas rapide, il s'éloigna.

Karl a été laissé seul, du moins le pensait-il. Il s'adossa au banc, attendant le retour d'Helmut, et alluma sans trop de peine une cigarette. Au bout d'un moment, il crut entendre des pas, très faibles et étouffés, sur le gravier du jardin.

« C'est toi Helmut ? "Il a demandé.

Personne n'a répondu. Maintenant, il était sûr qu'il percevait clairement des pas lents tout près de lui. Il ne faisait aucun doute que quelqu'un s'approchait, et Karl, la tête tournée du côté d'où venait le bruit, essaya en vain de pénétrer dans l'obscurité autour de lui et de vérifier qui il était.

« Es-tu déjà revenu, Helmut ? ", a-t-il encore demandé. Mais cette fois aussi, il ne reçut aucune réponse.

Avec un sixième sens, il sentit la proximité d'un corps et, peu de temps après, le toucher d'une main douce sur la sienne. Il sursauta comme s'il avait été secoué par un choc électrique et essaya de se relever, mais n'y parvint pas. Deux bras s'étaient enroulés autour de son cou, et presque en même temps, il sentit la douce pression des lèvres sur les siennes. Puis une voix qui lui était très chère résonna près de son oreille comme un murmure :

«Karl, pardonne-moi.

"Naty ! « Il était encore capable de marmonner, avant d'entourer la taille de la fille.

Helmut termina sa quatrième cigarette et, l'écrasant contre un cendrier, se prépara à retourner auprès de Karl. Maria, la propriétaire de la pension, est sortie à sa rencontre.

« Voulez-vous passer la nuit ici ? "Elle a demandé.

Avant de répondre, Helmut fit quelques pas, s'arrêtant devant une grande fenêtre qui donnait sur tout le jardin. Puis, un large sourire aux lèvres, il se retourna lentement.

"Non, Maria" dit-il. "De plus, je suis désolé de vous informer que vous avez perdu un bon client. Aidez-moi à faire les valises de M. Weber, nous partons tous aujourd'hui.

Et il a commencé à marcher vers la chambre de Karl.

FINIR